科学が信仰の対象となった十九世紀。
ガス灯が深い闇を打ち払い、夜にまで活動の範囲をひろげた人間たちの街――
ここに、わたしたちの心休まる場所はありません。

お留守バンシー　小河正岳

科学の躍進も未だおよばず、中世の名残を色濃くとどめた辺境。
そこにこそ、わたしたちの聖域があります。
その名はオルレーユ城。さあ、城内へとご案内いたしましょう。

そこにいるのは、信じられないでしょうが、
ペンギンではありません。〈魔除けの石像《ガーゴイル》〉のセルルマーニです。
門番をしてます。でもこの子ったら、フクロウの鳴き声にも
怯えて逃げちゃうから困ったものです。

城門をくぐると、花が咲き乱れ緑の薫る美しい庭園に出ます。
ここの管理を一手に担っているのが〈生ける屍《リビングデッド》〉の庭師フンデルボッチです。
おぞましい外見を隠すために服や仮面で扮装させているのですが、
かえって不気味だったかな……。

ここがお城の玄関口です。
立派な扉でしょ……って、ちょっとそこの〈首なし騎士《デュラハン》〉、どきなさい！
もおッ、どうでもいいところで恰好つけるんだから。
名前はフォン・シュバルツェン……忘れてくださって結構ですからね。

ここはロビー。みんなの憩いの場です。
あそこに座っているのは魔女のトファニアおばさま。
若々しく見えるけど、実は齢三百を軽く越えてます。
え？　紅茶のおかわりですか？
はいはい、ただいま。

あ、いま階段をおりてきたひとがイルザリアさんです。
綺麗なひとでしょ？
あの美貌と肉体を使って男をたぶらかす〈淫魔《サキュバス》〉なんです。
けど、ひとには色んな事情があるようで……。

ここが台所。いつも清潔に保ってます。
床も鏡のようにピッカピカ。
そこに映っている愛らしい少女がわたし、〈女精《バンシー》〉のアリアと申します。
家事のことならまかせてください。
ときどき失敗して泣いちゃいますけど、ね。
みな共々、お見知りおきくださいませ。

お留守バンシー

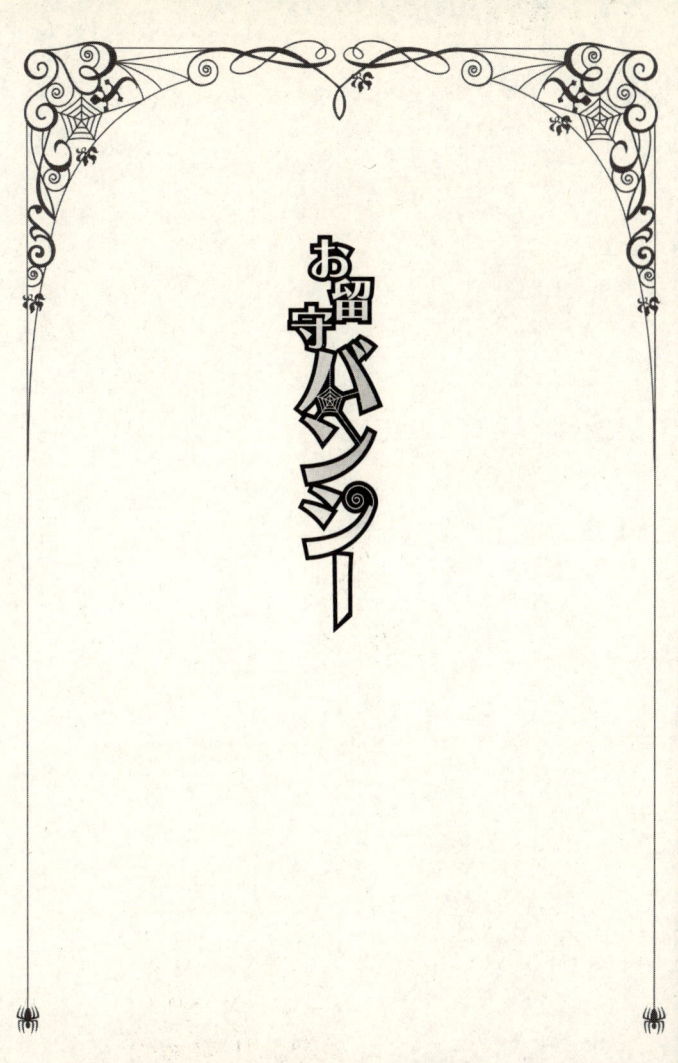

ブックデザイン◎荻窪裕司

第一章　憩いの魔城

1

　ガス灯が夜の街角を丸く照らしだし、辻馬車《つじばしゃ》が石畳《いしだたみ》の上で馬の蹄鉄《ていてつ》を軽快に響《ひび》かせていた十九世紀の中頃《なかごろ》。

　独善的《どくぜんてき》な科学がカビ臭い迷信を駆逐《くちく》しつつあったこの時代では、かつて神の信奉者《しんぽうしゃ》と対等にわたりあっていた闇《やみ》の眷族《けんぞく》も、わずかに残された自分たちの聖域を堅持《けんじ》して、ひっそりと暮らすことを余儀《よぎ》なくされていた。

　東欧の、とある小国《しょうこく》の片田舎《かたいなか》。

　そこの領主《りょうしゅ》が代々の居城《きょじょう》としてきたオルレーユ城も、実は、そんな聖域のひとつであった。

夜の散歩をおえたブラド卿《きょう》が、いつものように一杯の紅茶を所望《しょもう》することなく、帰ってくるなり自分の寝室に飛びこんであわただしく荷づくりをはじめた。

「あの、ご主人さま?……」

不審《ふしん》に思った召使いのアリアは、寝室の戸口からおずおずと顔を覗《のぞ》かせて遠慮《えんりょ》がちに訊《たず》ねた。

「いまからご旅行ですか?」

すると、ブラド卿は弾《はじ》かれたように振り返り、

「なんだアリアか……おどかさんでくれッ」

ホッとした、というよりも、むしろ苛立《いらだ》たしげに吐きすてると背を向けて、ふたたび荷づくりに没頭《ぼっとう》した。

「あの、ご主人さ――」

「ああ、そうだ」

アリアの澄んだ声をさえぎって、ブラド卿は手を休めることなく冷淡《れいたん》に言いわたす。

「しばらくこの城を空ける」

「それは、また、急でございますね……」

ブラド卿の機嫌《きげん》がすこぶる悪いことは、アリアの目にも明らかだった。

だが、主人が城を空けるとなると、留守を預かる身としては心得ておくべきことがたくさん

生じる。

アリアは、忙《せわ》しげなブラド卿の勘気《かんき》にふれぬよう、訊ねるべき事柄を頭のなかで手短にまとめてから、慎重《しんちょう》に口をひらいた。

「どちらへ、お出かけですか？」

「わからんッ……いや、そうだな……ブランの古城にでも身を隠すか……いやいや、あそこはいかんな！　あそこは奴《やつ》も覚えておろう……」

愛用している日用品や衣類を手当たりしだい旅行鞄《りょこうかばん》に詰めながら、アリアの主人は独《ひと》り言《ごと》のようにつぶやいている。

「となると、アラバンの地下墓地しかないか……あそこは陰気で、湿っぽくて好かんのだが、この際だ、やむをえん……」

「行き先はアラバンですね？」

「そうだッ」

「お帰りはいつ頃《ごろ》になりますか？」

「それこそわからん！」

ブラド卿は荷づくりの手をとめると、すたすたとアリアに詰めよってきた。そして、あたりの気配をうかがうように目をさまよわせたあと、誰《だれ》かにきかれることを恐れたのか、声をおとして言った。

「よいか、アリア。わしはこれから身を隠す」

「どうしてですか？」

ブラド卿《きょう》の尋常《じんじょう》ならざる様子を察し、アリアも眉《まゆ》をひそめて声をおとした。城内《じょうない》にいるのはブラド卿に従順な僕《しもべ》たちばかりで、きかれてまずい相手などいるはずもないのだが、ここは主人にあわせておくのが無難《ぶなん》と考えたのだ。

ブラド卿は落ちつかない様子でアリアの前をいったりきたりした。やがて溜《た》め息《いき》まじりに語りだす。

「先ほど、夜の散策《さんさく》をおえた帰路で、パレルモの別荘をまかせていたトファニアの使者と出くわしてな……」

「まあ！　トファニアおばさまはお元気でした？」

瞳《ひとみ》を輝かせて身をのりだしたアリアに、ブラド卿は足を踏み鳴らしつつ怒声《どせい》をあげた。

「いまは、そのようなことを気にかけておる場合ではないのだッ！」

「……と、おっしゃいますと？」

「奴《やつ》がここへくる！」

「……奴？」

「アイゼン・デュワ・ルイラムだ！」

「あら、ルイラムさんが？」

今度は両手をぱちりと打ち鳴らして、アリアは名前の人物を懐《なつ》かしんだ。が、目の前の主人に鋭く睨《にら》みつけられ、あわてて両手を背中へ隠す。

「あ、ですが、ルイラムさんは引退したと伺《うかが》っておりましたけど……あの方は人間ですから、いまはもう随分《ずいぶん》とお歳《とし》をめされているはずですし」

アリアの何げない問いかけが、ブラド卿の眉間《みけん》に深いしわを刻ませた。

「ただの人間ではないぞ、ただのな……」

「それはそうですけど——」

「詳しいことはわしにもわからん」

ブラド卿は眉間をつまみ、もみほぐしながら語《ご》を継《つ》いだ。

「だが、奴に間違いなかろう。パレルモの別荘がすでに清められておるのだ……使者の口上《こうじょう》では、あのトファニアが、ほうほうの体《てい》で逃げるしかなかったそうな……」

「まあ……」

ここにきて、ようやくアリアにも切迫《せっぱく》した事態であることが理解できた。

「あそこは、ご主人さまお気に入りの別宅でしたのに……残念ですね」

「アリアよ、そういう問題ではないのだ」

アリアの的《まと》をはずした感想に呆《あき》れた様子のブラド卿は、幼子《おさなご》に言いきかせるように、ゆっくりと言葉を紡《つむ》いだ。

「よいか？　奴《やつ》はこのわしを狙《ねら》っておるのだ。現役時代の奴に目をつけられて無事でいられたのは、このわしくらいのものだからな」

自慢げにやや胸を反《そ》らせるブラド卿《きょう》だったが、すぐにもその表情は翳《かげ》り、口からは絶望的な溜《た》め息《いき》がもれた。

「その雪辱《せつじょく》のために復帰したのに相違《そうい》あるまい……つまり、わしを滅ぼさぬうちは、奴に引退する気はないということなのだ」

「それは困りました。どういたしましょう」

「だから隠れると言うておろうがッ！」

ブラド卿の語気がふたたび強くなる。

「おそらく、ブランの古城もすでに目をつけられておろう。昔のわしの根城《ねじろ》だったからな。そこを潰《つぶ》したのち、奴は間違いなくこのオルレーユ城へやってくる。わしの棲《す》み家《か》をひとつひとつ潰して退路《たいろ》を断ってから、じわりじわりと追いつめる腹なのだ。やり口が昔とちっともかわっておらん……ええい、まことに忌々《いまいま》しい！」

「あの……それで、わたしどもはどういたしましょう？」

「何もせんでよい！　この城でわしの帰りを待て」

「はい、かしこまり……あ、ですが、もしルイラムさんがお見えになった時は、どのようにおもてなしすればよろしいのでしょうか」

「たわけッ。もてなす必要などあるか！　客でも友でもないのだぞ！」

ブラド卿は憎々しげにアリアを一瞥《いちべつ》すると踵《きびす》を返し、

「いまは一刻を争うのだ！　これ以上、つまらん質問でわしを煩《わずら》わせんでくれ！」

乱暴な手つきで荷づくりを再開した。

「ですが、ご主人さまのお役にたちたくて……」

「わしの役にたちたいだと？　よかろう！　ではその口を引きむすんで黙っておれ！」

ぴしゃりと告げられ、アリアは鞭《むち》で打《ぶ》たれたように肩をすくめて固まった。ただひたすら申しわけなく、役たたずと言われたような気もして悲しくなった。自分の至らなさに、自然と視界が潤《うる》みだす。

「……申しわけ……ございません……」

アリアの声が湿りけを帯び、かすかに震《ふる》えはじめた。

すると、ブラド卿が荷づくりの手をぴたりととめた。肩をおとし、大きな溜め息をもらしてから、しぶしぶとアリアのもとまで戻ってくる。

「頼む、アリア、泣かんでくれ……おまえが泣くとややこしいことになる」

そしてアリアの小さな肩をそっと抱きよせると、先までとはうってかわった優しい声で、なだめるようにささやいた。

「おまえは、わしの僕《しもべ》のなかでもとびきり優秀な娘だ。気立てがよく、頭もよい。忠誠心《ちゅうせいしん》に至っては疑うべくもない」

「お褒《ほ》めのお言葉、とても嬉《うれ》しく思います……」

「わしの留守のあいだ、この城をまかせておけるのはおまえしかおらん」

「お留守のあいだ、わたしにできることは、ございませんか？……」

泣きだしそうなのを必死にこらえて嗚咽《おえつ》まじりのアリアの肩を、ブラド卿《きょう》は慰《なぐさ》めるようにさすりながらうなずいた。

「そうだな……ルイラムがきても相手をしてはいかん。奴《やつ》は、おまえたちが束になってもどうにかなるような相手ではないのだ。このわしですら逃げるしか手がないのだからな。息をひそめて気配を絶ち、奴にここが廃城《はいじょう》だと思わせてやりすごしなさい。奴の狙《ねら》いはわしひとりだ。わしが不在と知ればすぐにも立ち去るだろう。よいな、アリア？」

「……はい」

目の端《はし》に滲《にじ》んだ涙の粒を繊細《せんさい》な指で払い、アリアは小さくうなずく。

「いい娘《こ》だ」

アリアの額に唇《くちびる》を軽く押しあてると、ブラド卿は荷づくりを再開した。

アリアは黙ってそれを手伝うことにした。

流行や身だしなみには人一倍、気をつかうブラド卿である。逃亡生活のなかでもその性癖《せいへき》を慎《つつし》むつもりはないらしく、衣類はもちろんのこと、整髪用具や香水、きらびやかな装身具から煙草《たばこ》に至るまで、詰めこまれた嗜好品《しこうひん》の数はじつに膨大《ぼうだい》だった。

荷づくりをおえた頃《ころ》には、ぱんぱんにふくれあがった旅行鞄《りょこうかばん》がベッドの上に六つもならんでいた。

それら荷の量から、主人の不在が長期にわたることが容易に察せられる。アリアは少し寂しくなり、不自由な暮らしを余儀《よぎ》なくされるブラド卿が不憫《ふびん》にもなった。

——せめて、わたしだけでも伴ってくだされば身のまわりのお世話ができるのに……。

などと心配するアリアをよそに、ブラド卿は漆黒《しっこく》の外套《がいとう》を颯爽《さっそう》とはおり、寝室のバルコニーへ足早に歩みだした。

「荷はすべて狼《おおかみ》どもに運ばせるゆえ、ロビーへおろしておいてくれ」

そう命じてから、しばらくアリアと六つの旅行鞄を交互に見くらべていたブラド卿が、やおら照れくさそうに肩をすくめて言葉をつけ足した。

「フォン・シュバルツエンにでも手伝ってもらうといい」

ぶっきらぼうな口調ではあったが、どうやらブラド卿は、少女のように華奢《きゃしゃ》で小柄なアリアを気づかってくれたようだ。六つもの旅行鞄をアリアひとりで運ぶのは難儀《なんぎ》だろう、と。

「はいッ、そうさせていただきます！」

ブラド卿の、ときおり見せてくれる優しさが嬉しくてたまらぬアリアは、満面に笑《え》みを咲かせて元気よくうなずいた。

「時間がない。他《ほか》の者どもにはおまえの口から事情を伝えておいてくれ。ただし、行き先は誰《だれ》にも告げてはならん。知っているのは、わしとおまえのふたりだけとする。よいな？」

「はい！」

敬愛《けいあい》する主人と秘密を共有しているというだけで、アリアの胸はときめく。

「決して誰にも言ったりいたしません」

「よろしい。オルレーユ城のことはすべてを委《ゆだ》ねるゆえ、あとは頼んだぞ、アリア」

「かしこまりました。どうぞ、つつがなき道中を」

「うむ。では、行ってまいる」

「行ってらっしゃいませ」

深々と頭《こうべ》を垂《た》れるアリアの前で、ブラド卿《きょう》がバルコニーの手すりにふわりと立った。

これから逃避行《とうひこう》に出るブラド卿は、しかし、そんな時でもしっかりと燕尾服《えんびふく》をまとっていた。その着こなしには寸分《すんぶん》の隙《すき》もなく、着ている者の厳格《げんかく》さが容易に見てとれる。アリアが丹念《たんねん》にブラシをかけたシルクハットを誇らしげにかぶり、腕に愛用のステッキを無造作《むぞうさ》にぶらさげていた。夜会にでも招待されたような出《い》で立《た》ちである。

そんな主人の凛々《りり》しい立ち姿を、アリアは惚《ほ》れ惚《ぼ》れと見あげた。アリアの見つめる先では、襟元《えりもと》のスカーフのわずかな歪《ゆが》みをきっちりなおしたブラド卿が、あとは静かに両目をとじて夜風に吹かれていた。

オルレーユ城は海に面した、切り立った崖《がけ》の上にそびえる山城である。

バルコニーの下では、洋々たる海が断崖絶壁《だんがいぜっぺき》に荒々しく打ちよせては豪快《ごうかい》に砕け散り、絶えまなく飛沫《しぶき》をあげていた。

不意に、ブラド卿がなんのためらいも見せず手すりを蹴《け》って、その身を宙へと躍《おど》らせた。ひるがえった外套《がいとう》の、緋色《ひいろ》の裏地が、アリアの眼前からすべるように下へと消えていく。

それでもアリアはあわてず、悠然《ゆうぜん》と手すりまで歩みよると、ブラド卿が身を投げたバルコニーの下を静かに覗《のぞ》きこんだ。

月光や星影で青白く彩られた夜の海上を、鷹《たか》か鷲《わし》かと見まがうほど大きなコウモリが一匹、堂々と飛翔《ひしょう》していた。二度、三度と黒い翼を打ちおろすと、今度は両翼を横いっぱいにひろげて滑空《かっくう》し、しばらくするとまた翼を打ちおろす。

それをくり返しながらゆっくりと遠ざかっていく大きなコウモリへ、アリアはもう一度、敬意をこめて頭を垂れるのだった。

2

「ダメよ、フォン・シュバルツエン！」

アリアは腰に手をあてて、古風な鎧《よろい》をまとった巨漢《きょかん》を睨《にら》みあげた。

「急ぐのだから、一度にたくさん運んでちょうだい。両手を使えばできるでしょ？」

「ですが――」

一方、フォン・シュバルツエンと呼ばれた巨漢《きよかん》は、六つの旅行鞄《りよこうかばん》を見おろしながら不平を鳴らした。

「それがしの左手はすでにふさがっておりますゆえ、自由になるのは右手だけなのです。どう頑張っても、ひとつずつしか運べませぬ」

「だったら、その左手のモノをおろしなさいな」

アリアは呆《あき》れて溜《た》め息《いき》をついた。

「まったく！　ご主人さまの鞄と、あなたのそれと、一体どちらが大事だと言うの？」

「そんな、ご無体《むたい》な……」

「無体なものですか。さ、急いで。ご主人さまの使《つか》い魔《ま》たちがそろそろロビーに着く頃《ころ》よ」

アリアは同僚にそう言いわたすと、自分は両手で旅行鞄のひとつを持ちあげた。重い鞄を引きずらぬよう、体を斜めに傾けて、ふらつきながらも階下のロビーをめざす。

ところが、部屋の戸口でアリアが振り返ると、フォン・シュバルツエンはまだ、左手のモノを大切そうに抱《かか》えてふて腐《くさ》れていた。

「ねエ、お願い」

アリアはいったん鞄をおろし、同僚の左手をジッと見つめて懇願《こんがん》した。

「力仕事を頼めるのはあなたしかいないの。だから、ね？」

「……」

それでもフォン・シュバルツェンはむくれたまま微動《びどう》だにしない。

「……わかったわ」

アリアは観念《かんねん》したとばかりに肩をすくめてみせた。

「じゃあ、こうしましょう。この仕事を手伝ってくれたら、ご褒美《ほうび》に、イルザリアさんにお願いしてあげてもいいわ。一日だけデートしてあげてって。これでどう？」

この言葉の効果はてき面《めん》だった。

「まことですかッ！」

フォン・シュバルツェンは、全身をおおっている鉄の鎧《よろい》を激しく鳴らして詰めよってくると、左手のモノをアリアの鼻先に突きだして、真面目《まじめ》くさった顔で念を押してきた。

「いまのお言葉に嘘《うそ》、偽《いつわ》りはございませんな？」

「え……ええ」

突きだされたモノにひるみつつ、アリアがうなずくと、

「そういうことならよろこんで！」

フォン・シュバルツェンは左手のモノ——自分の首——をそっと床においた。そして空いた左右の手でひとつずつ、ぱんぱんにふくれた旅行鞄《りょこうかばん》を軽々と持ちあげる。

その現金な態度に苦笑するアリアの足下《あしもと》では、

「くれぐれも蹴飛《けと》ばさないでくだされよ。それがしの美しくも凛々《りり》しい顔に傷がついてしまいますからなア、あ、は、は、は」

フォン・シュバルツェンの間抜けな笑声が響《ひび》いていた。

「はいはい……」

相手をする気にもなれず、アリアは鞄《かばん》を持ちなおしながら適当に応じておいた。

首をおいてきたために目の見えない〈首なし騎士《デュラハン》〉を、アリアが先導してロビーへおりてくると、そこには熊《くま》ほどの巨軀《きょく》を持った狼《おおかみ》が六頭、おとなしく伏せて待っていた。ブラド卿《きょう》が鞄を運ばせるために招きよせた使《つか》い魔《ま》たちである。

なじみのアリアが姿を現すと、六頭がみな立ちあがり、嬉《うれ》しそうに舌を出して尾を振った。

「みんな、ご苦労さま。もうちょっと待っててね」

アリアは鞄をそっとおろし、狼たちの頭や背を撫《な》でて彼らをねぎらいながら、フォン・シュバルツェンに命じた。

「あなたは――」

が、その同僚にいまは首がないことを思い出し、あらためて階上の寝室に向かって声を張りあげる。

「あなたは残りの鞄をおろしてきてちょうだい！　わたしはこの狼《こ》たちのお食事を用意してく

るから！　いい？　きこえたァ？」

アリアの声がとどいたのか、首のない騎士の体は両手の鞄を慎重に床へおろすと、発条仕掛《ぜんまいじか》けの人形のようにくるりと踵《きびす》を返し、残りの荷物を取りに階段をのぼりはじめた。

が、目が見えないのはどうにもならないらしく、さっそく最初の段差につまずいて、着ている鎧《よろい》を大きく響かせた。

次いで階上から痛々しい悲鳴がこだまする。

「痛アア！　な、何が、それがしの身に一体何が起きたのです！　……アリアどの？　答えてくだされッ、アリアどのおォォ」

鎧の重みで容易に起きあがれないのか、〈デュラハン〉の体は仰向《あおむ》けになって手足をばたつかせていた。

「もう……」

同僚の無様《ぶざま》な姿に、アリアは頭を抱えて溜《た》め息《いき》をつくと、近くにいた狼の鼻先で両手をあわせ、すまなさそうに言った。

「悪いけど、あの間抜けな騎士の目になってあげてくれる？　ご褒美《ほうび》のお夜食には腕によりをかけるから、ね？」

頼まれた狼は一度だけ短く吠《ほ》えて応じると、哀れな騎士のもとへ走った。

アリアに助け起こされたフォン・シュバルツェンの体が、狼の尾をつかんで、寝室までの階段を一段一段ゆっくりとのぼりはじめる。

それを最後まで見とどけるようなことはせず、アリアはロビーに隣接《りんせつ》している大食堂を突っ切って、足早に台所へ向かった。

オルレーユ城の台所はアリアの完璧《かんぺき》な管轄《かんかつ》下にある。どの食材が、どこに、どれだけ保管されているかは手に取るようにわかるし、食器棚に眠る皿の枚数は言うにおよばず、フォークやナイフの本数までもが正確に言いあてられた。

このことは、何も台所に限ったことではない。

城内の何もかもがアリアの厳正《げんせい》な管理のもとにあるのだった。城内に関することならば、その知識は城主であるブラド卿《きょう》のそれをも遥《はる》かに凌駕《りょうが》する。

召使いという立場上、それはあたりまえのことであって、別段、アリアが誇るほどのことではなかった。土地鑑《とちかん》のない郵便配達人では仕事にならないのと同様に、城内で知らぬことがひとつでもあってはアリアの仕事ははかどらないのである。

——でも、ただ知ってる、というだけではダメなのよね。

台所を見わたして、アリアは満足げな微笑を浮かべた。

磨きあげられたタイル張りの床には、埃《ほこり》ひとつ、否《いな》、塵《ちり》ひとつ落ちてはいなかった。

棚に収められた銀食器は整然と、用途別にまとめられて並んでいる。何がどこにあるかが一《いち》目瞭然《もくりょうぜん》だ。

壁にかけられた包丁やフライパンといった調理器具までが、まるでそれ自体が光を放っているかのように燦然《さんぜん》と輝いている。

美しく保たれた台所を誇らしく眺めたあと、アリアは片隅《かたすみ》の戸棚からエプロンを取りだした。それを顔の前でぱっとひろげ、一点のシミもない純白であることをたしかめると、ふたたびその顔に会心《かいしん》の笑《え》みをたたえた。

掃除に限らず、洗濯もまた、アリアの得意とする仕事なのである。

ブラド卿の衣類だけではなく、同僚たちの衣類から、カーテンやレース、シーツやベッドカバー、テーブルクロスやナプキンといった城内の用具に至るまで、すべてアリアが丹念に手洗いしているのだった。

それら掃除や洗濯は、アリアが学んで身につけた技能ではない。清潔で心地よい環境を好むブラド卿の意に沿うため、技術向上をめざして工夫や勉強は熱心にするが、そもそも、汚れを洗い流して美しく保つという行為そのものは〈女精《バンシー》〉たるアリアの天性なのであった。

その〈バンシー〉の徹底した潔癖《けっぺき》たるや、人間たちから〈水辺ですすぐ女〉との別名で呼ばれるほどである。彼ら人間の伝承《でんしょう》では、くる日もくる日も同じ川辺で何かを洗っている〈バンシー〉の姿が頻繁《ひんぱん》に描かれているのだ。

その他《ほか》にも、〈バンシー〉に関する伝承は人間たちに広く知れわたっている。

——でも、いい加減で、デタラメなのが多すぎるのよね……。

人間世界に流布《るふ》している自分たちの間違った伝承《でんしょう》を数えあげると、アリアの胸は悔しさと切なさで張り裂けそうになる。

《バンシーの泣き声をきいた者は即座に死ぬ》

《バンシーに目の前で泣かれた者は発狂し、数日のうちに必ず死ぬ》

《バンシーは死に瀕《ひん》した者の家をおとずれ、その者が死ぬまで泣きつづけ、死ぬとその魂《たましいじ》を地獄《ごく》へと運び去る》

などなど、みな不吉な死にまつわるものばかりなのだ。

なかには〈バンシー〉の容姿にまで言及《げんきゅう》した伝承もあるのだが、その内容がますますアリアを悲しませた。

《地に引きずるほど長い頭髪は、すべて枯れた葦《あし》のようにしなびている》

《顔は老婆のようにしわくちゃで、一面が醜《みにく》い痘痕《あばた》におおわれている》

《いつも、泣《な》き腫《は》らしたような赤い目をしている》

《歯はいくつも抜け落ちていて、鼻の穴がひとつしかない》

――鼻の穴がひとつって……。

ここまでくると憤《いきどお》りをとおりこして苦笑してしまうアリアだった。

鏡のように磨きあげられた台所の床を覗《のぞ》けば、そこには白磁《はくじ》さながらの白く透きとおった自分の顔がある。痘痕などひとつも見あたらず、その肌は処女雪のようにきめ細かく、なめらかだ。長い睫毛《まつげ》の下の黒いつぶらな瞳《ひとみ》がジッとこちらを見つめていた。もちろん、小さくも形のよい鼻にはちゃんとふたつの穴がある。

老婆どころか、十二歳前後の少女のような容姿ではないか。

——きっと、ファーストコンタクトが悪かったんだわ。

光をあてるとやや青みを帯びる、長く、しなやかな黒髪に指を走らせながらアリアは思う。

——人間にもいろんな人間がいるように、〈バンシー〉もまた然《しか》り、だわ。なのに最初に遭《そう》遇《ぐう》した〈バンシー〉がそうだっただけで、残りすべての〈バンシー〉までもがそうだと十把《じっぱ》一《ひと》絡《から》げにされてしまったのよ……。

それがアリアの持論だった。というよりも、そう思わねば救いがなかったのである。

〈バンシー〉とは特定の人物、または家に仕える精霊《せいれい》である。姿は現さず、密《ひそ》やかに主人を助ける〈バンシー〉が大半なのだが、なかには実体化して掃除、洗濯、料理など家事全般を受けもち、積極的に主人の世話をやく〈バンシー〉もいる。アリアがそれだ。

〈バンシー〉の男版で〈男精《ファーシー》〉というのもいるが、これは容姿や言動が男なだけで能力や存在意義に差異はなく、〈バンシー〉ともども故意に人間を害することはしない。

——なのに人間たちは、まるで怪物のように言うのよね……。

ただし、そう悲嘆に暮れるアリアでも、人間たちの伝承《でんしょう》のなかに唯《ただ》ひとつ、自分たちを正しく伝えている箇所《かしょ》があることを認めないわけにはいかないのだった。

──たしかに、ときどき泣くけど……。

アリアは「ときどき」と強調するが、実際のところ〈バンシー〉は総じてよく泣くのである。主人にまつわる不幸であったり、主人に叱《しか》られた悲しみであったり、果ては皿を一枚割ってしまった自分の至らなさだったりと、その原因は様々であるが、彼女らは折にふれては泣くのである。

泣きかたは、それこそ十人十色で、わんわんと声を張りあげて大泣きする者もいれば、しくしくと恨《うら》めしそうにすすり泣く者もいる。

姿を隠した〈バンシー〉のすすり泣く声を、事情を知らぬ人間が耳にすれば、たしかにいい心地はしないだろう。その点はアリアも認めるところである。

──でも、だからって、わたしたちの泣き声をきいただけで死んでしまうだなんて、とんでもない侮辱《ぶじょく》だわ！

けっきょく、人間たちの〈バンシー〉にまつわる伝承に、とことん納得のいかないアリアなのだった。

だが〈バンシー〉の泣き声に不思議な力が宿っているのは事実で、そのことは彼女らも自覚している。

きいただけで発狂するだとか、死ぬだとか、そういった実害のある力ではないものの、そうかといって周囲に好ましい影響をあたえるとも思えないので、彼女らは泣くとき、不意に悲しみに襲われた場合をのぞいては、できるだけ人前をはばかるようにしている。

そうした〈バンシー〉の気のつかいようを知れば、あるいは人間たちも誤解や偏見《へんけん》をあらためてくれるのではないだろうか、とアリアは考える。

――そうよ、そうなのよ！　誤解されっぱなしのいまだからこそ、誇りをもって、人間たちに正しい〈バンシー〉の姿を広めていかなくちゃ！

たいそうな野心を抱《いだ》いて、ひとり興奮するアリアだった。

――これはわたしの生涯《ライフワーク》の使命だわ！

が、ふと、当面の使命は狼《おおかみ》たちの食事を用意することであるのを思い出す。

――そ、そうだった……まずは目の前の仕事をきちんと片づけなくちゃ、ね。

すぐに気持ちを切りかえ、袖《そで》をまくって気合を入れたアリアは、てきぱきと慣れた手つきで食器や食材を並べはじめた。

そして、こうした日常の雑事をこなしているうちに、アリアの頭のなかに芽生えた「生涯の使命」とやらは、いつものように薄れていき、やがて、ふたたび人間たちの誤解に憤《いきどお》るその日まで完全に忘れ去られてしまうのだった。

実際、いまのアリアは鼻唄《はなうた》まじりで包丁を振るい、調理そのものを心から楽しんでいた。

かくのごとく〈バンシー〉とは、家事に専念していると、それだけで幸せになれる精霊《せいれい》なのである。

料理をぺろりと平らげた狼《おおかみ》たちが、鞄《かばん》の持ち手に牙《きば》を引っかけて、旅行鞄をひとつずつ口にくわえた。

3

「それじゃ、お願いね」

アリアが狼たちを撫《な》でてまわると、諒解《りょうかい》のしるしなのか、六頭が順々にアリアへ擦《す》りよってきて喉《のど》を低く鳴らした。

彼らの大きな頭を抱きよせてアリアはささやく。

「ご主人さまによろしくね。お早いお帰りを、と……」

それから一頭一頭をひとしく見わたしてつけ加えた。

「道中は、あなたたちも気をつけるのよ。人間の追っ手がかかってるかもしれないから。いいわね？」

〝心得ました〟

そう言わんばかりに、六頭の狼が一斉に遠吠《とおぼ》えを発した。

アリアの背後では、フォン・シュバルツェンが小脇《こわき》に抱えた顔をやかましそうに歪《ゆが》めて両耳をふさいでいる。

ひとしきり吠《ほ》えた狼《おおかみ》たちは、やがて、アリアが開け放ったオルレーユ城の玄関口から競走でもするかのように猛然《もうぜん》と駆けだしていった。

アリアは、最後尾の一頭が見えなくなるまで彼らを見送った。

「やれやれ、やかましい連中でしたなア」

「口を慎《つつし》みなさい、フォン・シュバルツェン」

偉そうに迷惑ぶる〈デュラハン〉を、アリアは静かにたしなめた。

「あの狼《こ》たちは、あなたなんかよりもずっと長くご主人さまにお仕えしてるのよ。年季《ねんき》が違うんだから。言わばあなたの先輩よ」

「あの熊《くま》どもが？」

「熊じゃなくて狼。ちょっと大きいけど……」

玄関口の重厚な扉に閂《かんぬき》をかけると、アリアはロビーまで戻り、そこでようやくホッと一息ついた。

「ふウ……とりあえず、一段落だわ」

「ところで——」

ロビーのソファに体をだらしなく横たえたアリアに、フォン・シュバルツェンが遠慮がちに訊《たず》ねてくる。

「ブラド卿《きょう》は、一体どちらへ行かれたのです？」

「いけないッ」

アリアはあわてて跳《は》ね起きた。

「まだみんなに言ってなかったわね……」

突然の、あわただしい逃避行《とうひこう》の準備に追われていたために、さすがのアリアも今夜は隅々《すみずみ》にまで気がまわらない。

「いいわ。みんなをロビーに集めてちょうだい。集まり次第、そこで話すわ」

「承知！」

勇ましく答えた〈デュラハン〉が真っ先に向かおうとした部屋を、アリアはとっさに見破った。

「待ちなさい」

アリアの冷厳《れいげん》な声に、フォン・シュバルツエンは歩きだそうとしたその姿勢でぴたりと固まった。左の小脇《こわき》に抱えていた首だけが、おそるおそるアリアを振り返る。

「な、なんでしょうか？」

「イルザリアさんは、わたしが起こしてきます」

「いやいや、アリアどのはお疲れのご様子。ここはそれがしが――」

「あなたは他《ほか》のみんなを呼んできてちょーだい」

敢《あ》えて、にこやかな顔と柔らかな声でアリアはそう命じた。

それがかえって不気味だったのか、フォン・シュバルツェンはアリアから目をそらし、落ちつかない様子で視線を宙にさまよわせていた。

アリアが微笑をたたえつつ、優しく、だが執拗《しつよう》に返答を促す。

「わかったの？」

「な、なにゆえ、それがしでは――」

「お返事は？」

「……はい」

四《し》の五《ご》の言わせぬアリアの気迫に〈デュラハン〉は敢《あ》えなく屈した。肩をおとして寂しげに鎧《よろい》を響《ひび》かせながら、イルザリア以外の同僚を呼びに、とぼとぼと去っていく。

「まったく……油断ならないんだから」

口を尖《とが》らせてフォン・シュバルツェンの背中を見送ったあと、アリアは彼が去っていったのとは逆の方角へ歩きだした。

向かった先は、オルレーユ城の東西に一基ずつそびえる尖塔《せんとう》の、西側の塔だった。その最上階にイルザリアが眠っている。

螺《ら》旋《せん》階段をのぼっていくと、やがて目の前に一枚の扉が現れた。

叩扉《こうひ》の必要はない。声に出して入室の許可を求める必要もなかった。

アリアはそっと扉を押しあける。

その途端《とたん》、室内から、肌にまとわりつくような、ねっとりとした赤みのある雲霧《うんむ》が押しよせてきた。

予期していたことなのでアリアは動じない。かまわず部屋へ足を踏み入れると、後ろ手に扉をしめつつ室内をゆっくり見わたした。

部屋の造りは、オルレーユ城の他《た》の部屋と大差ない。石の壁や天井を、木製の梁《はり》や柱がしっかりと支えている。石の寒々とした印象をやわらげるために、大抵はどの部屋の壁もタペストリーなどで飾られているのだが、イルザリアの部屋に限ってはその必要がなかった。

壁といわず床や天井までもが、一面をびっしりと蔓薔薇《つるばら》におおわれているからである。

赤みのある、甘い香りの雲霧がゆったりとただようなか、無数の蔓で結ばれた薔薇の花々が、雲霧以上の真紅を誇って部屋のそこかしこで咲き乱れていた。

それら薔薇の花々こそが、奇妙な雲霧の生みの親であった。

この雲霧が特定の相手にだけ有害であることを、アリアはイルザリアからきかされている。これをかいだその相手は、たちまちあらがうことのできない睡魔《すいま》に襲われ、官能的な夢を見つつ、そのまま永遠に目覚めることのない深い眠りにつくのだという。

この、いささか常軌《じょうき》を逸《いっ》した部屋の内装は、我が身の安全を護《まも》るために部屋の主《ぬし》たるイルザリアがほどこした防衛設備なのだった。特定の相手にしか効果がないのは、イルザリアを襲う可能性がその相手にしかないからである。

相手とは、男。

つまり、ここは、禁を破ったものに極めて危険な制裁がふりかかる、男子禁制の部屋なのだった。

アリアが、ここへきたがるフォン・シュバルツェンを懸命《けんめい》にとめるのは、そういう理由からである。

薔薇《ばら》の香りが〈デュラハン〉にも効力を発揮するものなのか、それはアリアにもわからない。だが問題はそんなことではなく、肝心なのは、このような大仰《おおぎょう》な仕掛けをほどこしてまで男を近づけたくないと願う、イルザリア本人の気持ちを尊重することだった。たとえ〈デュラハン〉だろうとも、男である以上、近づけるべきではないのだ。

その男という枠組みには、当然、ここオルレーユ城の主人であるブラド卿《きょう》も含まれている。ブラド卿がイルザリアに用事があるときは、まずアリアが彼女を迎えにいくのが決まりになっているのだった。

部屋の中央には、無数の蔓薔薇《つる》が絡《から》みあってできた、柱のようなものがある。床から這《は》いあがった蔓と、天井から垂《た》れさがった蔓とが、何かをつつみこむように複雑に絡みあって、一本の太い柱を形成していた。

それこそがイルザリアのベッドなのである。体を横にするのではなく、椅子《いす》に腰かけるように、弾性《だんせい》に富んだ蔓の束に全身を預けて眠る、奇妙なベッド。

たくさんの蔓が、なかで眠るイルザリアの体の線にそって互いに絡みあい、重なりあって、彼女の全身を優しくつつみこんでいる。そのなかでは、母親の胎内《たいない》で眠っているような安らぎを得られるのだという。

床を這う蔓薔薇の花々を、アリアが避《よ》ける必要はなかった。アリアが歩きだすと、その意を察したように、蔓薔薇たちのほうで勝手に避けてくれるのだ。

そのことは、部屋の片隅《かたすみ》にある衣裳簞笥《いしょうだんす》についても同様だった。簞笥をつつみ隠していた蔓たちは、アリアが近づくと音もなく退《しりぞ》き、簞笥そのものをあらわにする。

簞笥から絹織りのガウンを取りだすと、アリアは蔓の柱へと歩みよった。顔を近づけてみても、蔓が奥までびっしりと絡みあっていて、イルザリアの寝姿を目でたしかめることはできない。

「おはようございます、イルザリアさん」

それでもアリアは、蔓の奥で眠っているであろうイルザリアへ、そっとささやきかけた。

「起きてください。もう夜ですよ」

辛抱《しんぼう》強く何度かささやきつづけていると、やがて、アリアの鼻先にある蔓の壁がゆっくりと横へひらきはじめた。手前から順々に奥へとひらいていくにつれて、気持ちよさそうに全身を蔓の束に預けて座っている、二十歳《はたち》前後の若々しい女の裸体があらわになっていく。

アリアでさえも見ているだけでドギマギしてしまうほど、それは美しく均整の取れた、艶《つや》やかな肉体だった。白金色《プラチナブロンド》の長い髪が、一枚の薄い布のように体の要所要所をさりげなく隠しているものの、それがかえって全身の優美な曲線をきわだたせてしまっている。

大人の女の体とは、こうも完成されたものなのかと見惚《みと》れてしまうアリアだった。

一方のイルザリアはというと、起きたての気《け》だるい表情と、焦点の定まっていない目をアリアに向けて呆《ほう》けていた。目の前のアリアをアリアだとわかっていない様子である。

そうしている時間があまりにも長かったので、心配になったアリアが声をかけようとした、その時、

「あら、アリアちゃん……おはよう」

ようやく、涼やかな美声がのんびりと流れたのだった。

アリアが手をさしのべると、彼女はそれをつかんで億劫《おっくう》そうに蔓《つる》のベッドから出てきた。

「おはようございます、イルザリアさん。ご気分はいかがです？」

出てきたイルザリアの肩にそっとガウンをかけてやりながら訊《たず》ねると、彼女はガウンの前をよせながら、ゆったりとした微笑を浮かべた。

「ええ、お陰さまで、よく眠れましたわ」

だが、すぐに形のよい眉《まゆ》をひそめ、瑞々《みずみず》しい桃色の唇《くちびる》から物憂《ものう》げな溜《た》め息《いき》をもらす。

「ブラドさまが、お呼びなのね？」

「あ、実はそのことで――」

「いいのよ、アリアちゃん」

「え？」

「わたくしを慰《なぐさ》めるつもりなのでしょう？」

「いえ、そうじゃ――」

「でも、すべてはわたくしが悪いの……だから、ブラドさまからお叱《しか》りを受けても、それは当然の報いなのだわ」

ひとりで会話を先走るイルザリアについて行きかねたアリアは、しかし、彼女の最後の台詞《せりふ》だけはきき捨てならなかった。

「わたし、そうは思いません！」

アリアが語気を強めて言い張ると、イルザリアは驚いたように目を丸め、不可解そうに小首をかしげた。

「どうして？」

「だって、イルザリアさんはイルザリアさんなりに精一杯、お仕えしてるじゃありませんか」

「………」

「それに、ご主人さまはとってもお優しい方です。いままでだって、イルザリアさんが悩んでるようなことで、あなたを叱ったりはなさらなかったはずです。そうでしょ？」

アリアが同意を求めるように眉をあげると、イルザリアは力なく微笑《ほほえ》んで、その優麗《ゆうれい》な顔に哀愁《あいしゅう》をただよわせた。

「そうね……たしかにブラドさまは心の広い方だわ。わたくしのような無用の女を、長くお側《そば》においてくださっているのですものね……」

「…………」

イルザリアの自嘲《じちょう》めいたつぶやきを、今度ばかりはアリアも否定してあげることができなかった。

イルザリアは〈淫魔《サキュバス》〉なのだ。

〈サキュバス〉とは妖艶《ようえん》な肉体で男をたぶらかし、性的快楽に溺《おぼ》れさせる悪魔《あくま》である。これと定めた男の臥所《ふしど》にもぐりこみ、夢をよそおい、性行為を介して精力を吸いとることに長《た》けている。

吸いとった精力の用途は様々で、己《おのれ》の力を高めるために用いる者もいれば、〈色魔《インキュバス》〉と呼ばれる別種の悪魔に貸しあたえる者もいる。

〈サキュバス〉から精力を受けとった〈インキュバス〉は、それを使って人間の女と性交し、子を身ごもらせる。そうして生まれた子には絶大な魔力《まりょく》が付与されており、しかも、その子は産んだ女ではなく、精力を提供した〈サキュバス〉を慕うため、強力で従順な下僕《げぼく》を欲する〈サキュバス〉はもっぱらこの手段に精力を用いるのである。

だが、そんな〈サキュバス〉も、生まれた当初から精力を吸いとる技に長けているわけではない。男を虜《とりこ》にする肉体と魅力は生まれつき備えてはいても、精力を採取するための具体的な臥所の技ともなると無知に等しいのである。

優れた職人が相応の訓練と経験を経《へ》て誕生するのと同様に、彼女らもまた、一流の〈サキュバス〉へと至るには厳しい関門を幾《いく》つもくぐらねばならないのだった。

その一環として、技術面でまだ成熟していない半人前の〈サキュバス〉は、ある時期にさしかかると、特定の人物と契約を交わし、契約者との性行為だけに努めるようになる。将来、多くの男から効率よく精力を採取するために、契約者との日々の性行為をとおして臥所の腕を磨くのである。

イルザリアも、夜伽《よとぎ》役としてブラド卿《きょう》と契約を交わした修業中の〈サキュバス〉である。一人前になるための学《まな》び舎《や》としてブラド卿に入門したのだ。

ところが彼女には、夜伽役として、いや、〈サキュバス〉として致命的な欠陥があるのだった。

いまイルザリアは、アリアから受けとったガウンをきっちりと体に巻きつけて裸を隠し、すっかり安堵《あんど》している様子である。

実はこの時点で、彼女はすでに〈サキュバス〉の常識を逸《いっ》しているのだった。

——イルザリアさんって奥ゆかしくて、慎《つつし》み深いのよね……。

みずからの存在意義を否定する、そんな欠点を抱えたイルザリアに、アリアは同じ主人に仕える仲間として同情を禁じえない。

美しくも妖《あや》しい、蠱惑的《こわくてき》な肉体を堂々とさらしてこそ〈サキュバス〉であるのに、女のアリアを前にしても裸のままでいることを潔《いさぎよ》しとしないのだから、イルザリアが夜伽《よとぎ》などできるはずもないことは明らかなのだ。

——でも、どうしてだろう……。

他人のことをああだこうだと憶測《おくそく》するのは卑《いや》しい行為だし、当人からききだすなんてもっての他《ほか》であるから、その原因はアリアにとって永遠の謎《なぞ》である。

そもそも、きかれて答えられるような原因があれば、とっくの昔に当人がなんとかしているはずで、なんともなっていないあたり、イルザリアにも謎なのに違いなかった。

生来《せいらい》そういう性格なのか、あるいは後天的な何かが影響しているのか。

いずれにせよ、いまのイルザリアは容易に男を近づけたがらない、おかたい〈サキュバス〉なのである。彼女の部屋の過剰な防衛態勢も、そこに由来していた。

そんなわけで、いまではブラド卿《きょう》に呼びだされても、禁欲的なドレスをしっかり着こんで肌の露出《ろしゅつ》を厳重《げんじゅう》に慎《つつし》み、求められてもやんわりと拒んで夜伽はせず、かわりに会話やチェスの相手をしたり、朗読や唱歌をしたりして、主人の就寝までのわずかな時間を知的で楽しいものへとかえることに努めているイルザリアなのだった。

——それにしても……。

とアリアは思う。

男ならば拒みがたいであろうイルザリアほどの妖艶《ようえん》な美女を前にして、気の短いあのブラド卿がよくも自制心を保っていられるものだと、いささか召使いの分《ぶ》をこえて感心せずにはいられないのだった。

そのあたりの男心というものを、フォン・シュバルツェンにそれとなく訊《たず》ねてみたところ、

「いやア、じらされることに快楽を見いだす男はいるもんですよ」

〈デュラハン〉は得意満面にそう断じたものである。

「それがしなど、じらされればじらされるほど、胸の奥底からこみあげてくる想《おも》いは冷めるどころか、ますます熱く燃えさかりますなア。そりゃあ、もう、我が身を焦《こ》がしそうなほどですぞ。イルザリアどの好きだああアアアってな具合ですなア、あ、は、は、は」

相談する相手を間違えたと、その時は己《おのれ》の不明を恥じたものだったが、よく考えたら、ブラド卿も男である以上、そういう一面があって不思議ではないことにアリアは気づく。

――マゾヒストってこと？……。

が、アリアはあわててかぶりを振った。

――違う違う！　ご主人さまはきっと、イルザリアさんの悩みを理解されたうえで、敢《あ》えて強要なさらないのだわ！　お優しいのよ！　あんな唐変木《とうへんぼく》と一緒にしてはダメッ！

敬愛《けいあい》する主人を、一瞬でも変態〈デュラハン〉と同列においてしまった自分に腹がたつアリ

アだった。

「ごめんなさいね、アリアちゃん」

不意にゆったりと流れたその美声が、アリアの間抜けな思索《しさく》を中断した。

「起きて早々、愚痴《ぐち》をきかせてしまって……」

イルザリアが申しわけなさそうに目を伏せていた。

しばし沈黙したのち、彼女は絹のガウンをさらりと落とし、恥じらうように背を向けて、アリアにドレスを着せるよう促した。

「急ぎましょう。ブラドさまをお待たせしてはいけませんわ」

「あ、今夜は違うんです。実はですね――」

アリアは衣裳簞笥《いしようだんす》からドレスを三着ほど選びだし、そこから本人に一着を選ばせて、その着付けを手伝いながら簡潔に事情を説明した。

「まあ、ご旅行に？　また随分《ずいぶん》と急なお話ね……」

ききおえたイルザリアは、全身を灰緑色の質素なドレスにつつみこんでいた。肌があらわなのは顔と手だけ。化粧は一切ほどこさず、装身具もひとつたりとて身に着けていない。

だが、柳眉《りゆうび》をひそめ、長い睫毛《まつげ》を伏せがちなイルザリアの憂《うれ》いを帯びた表情が、どんな宝石よりも彼女を美しくひきたたせていた。どれだけ禁欲的な装いに身をつつもうとも、〈サキュバス〉が生来《せいらい》持つ妖艶《ようえん》な魅力は隠しおおせないようである。

内面から滲《にじ》みでる艶《つや》もさることながら、肉体的な艶も、さすがは〈サキュバス〉であった。その胸元のふくらみは丸く豊かで、腰のくびれは驚くべき細さを見せており、コルセットなど着けずとも全身が芸術的なまでの優美な曲線に縁《ふち》どられているのだ。

凡俗《ぼんぞく》な男、例えばフォン・シュバルツェンあたりには、それだけでもたまらなく官能的に見えるのだろう、とアリアは苦笑する。

ドレスの色にあわせたヒールをはかせて準備は完了した。

「詳しいことはロビーで、みんなの前で話しますね」

アリアはイルザリアの手を取って、彼女を部屋の外へ導いた。

塔《とう》の螺旋《らせん》階段をくだっている時、

「ブラドさまが戻られる、その日までに――」

イルザリアがぽつりとこぼした。

「わたくし、少しはふしだらな女になれるかしら……」

切実な願いとも不安とも取れる、その問いかけに、アリアは明るく声を弾ませて応じる。

「なれますよ、きっと！　わたし、イルザリアさんがふしだらな女《ひと》になれるよう、どんなことでもお手伝いします！」

「優しいのね、アリアちゃん……わたくし、努力してみますわ」

良識ある者には理解しえぬ次元で、〈バンシー〉と〈サキュバス〉はすっかり意気投合していた。

4

アリアは一堂に会《かい》した同僚たちを見わたして、誰《だれ》ひとり欠けていないことをたしかめると満足してうなずいた。

〈デュラハン〉のフォン・シュバルツェン。

〈サキュバス〉のイルザリア。

その他《ほか》にも、そこにはセルルマーニとフンデルボッチという、ふたりの同僚がいた。

セルルマーニは〈魔除けの石像《ガーゴイル》〉である。オルレーユ城の門番だ。

〈ガーゴイル〉は主人の家や財宝を守護する役目を担《にな》った悪魔《あくま》である。平素は石像のように微《び》動《どう》だにせず、あたりに睨《にら》みをきかせて威嚇《いかく》しているだけなのだが、その警告を無視して近づく者には容赦《ようしゃ》なく襲いかかる。

そのため〈ガーゴイル〉の外見には、

「強く！　醜《みにく》く！　まがまがしく！」

の三拍子が求められる。まずは見た目で侵入者をひるませようという魂胆《こんたん》からだ。

が、セルルマーニの場合、その外見が、別の意味でひどくブサイクなのだった。

大悪魔《だいあくま》ウンダル・モウの恐ろしい姿を模して、ブラド卿《きょう》がみずからの手で一枚岩より彫りだした〈ガーゴイル〉であるのだが、その出来栄えを有り体《ありてい》に言ってしまうと、

「ボールのように丸々と太ったペンギン」

なのである。

セルルマーニを初めて紹介されたとき、アリアは必死に笑いをこらえつつ、そう思ったものである。だが力作を自慢げに披露《ひろう》する主人を前に、そんなことは口が裂けても言えるわけがなかった。

また、セルルマーニ本人も、自分の姿はこれで正解なのか、という不審の念を抱いているふしがあるため、以来、本人を気づかってオルレーユ城内では「ペンギン」が禁句となっている。

そんな体型のセルルマーニは、あたりまえのように飛べない。体重のせい、ではなく、体の構造という根本に無理があるのだ。

皮膜《ひまく》と一体化した彼の腕は太くて短く、ペンギンの翼に酷似《こくじ》しており、とても空を飛べるような代物《しろもの》ではない。でっぷりと丸みを帯びたお腹《なか》のせいで、ペンギンと同じく、自分の足下《あしもと》が見えていないのは傍目《はため》にも明らかだった。歩く時はペンギンよろしく、体を左右に揺さぶってよちよちと進むため愛らしくも滑稽《こっけい》である。ペンギンのような鋭く尖《とが》った嘴《くちばし》をパクパクと開閉させて、妙にかん高い声で話しもするのだ。

——まともな〈ガーゴイル〉を見たら、あまりの違いにショック死しちゃうかも……。

気の弱いセルルマーニのことを思うと、アリアの心配は深刻だった。

もう一方の同僚、フンデルボッチは庭師をつとめる〈生きた屍《リビングデッド》〉である。

肉体が活動を停止しても、そこに強烈な生への執着心《しゅうちゃくしん》が残っていると、それはやがて〈リビングデッド〉となって甦《よみがえ》る。

死んでから甦るまでの期間によって肉体の傷《いた》み具合が異なるため、〈リビングデッド〉の風《ふう》貌《ぼう》は、全身が腐《くさ》っているという点をのぞいては、個々でまちまちだ。

フンデルボッチの場合、腐敗《ふはい》の進行度は中肉中骨といったところであった。

美しく、かつ洗練されたものを好むブラド卿《きょう》は当初、この腐りかけた使用人を雇うことに強い難色《なんしょく》を示したものである。が、アリアの泣きおどしに近い説得でしぶしぶ召抱《めしかか》えることとなった。

アリアがそこまで惚《ほ》れこんだ理由は唯《ただ》ひとつ。

フンデルボッチは一流の庭師だったのである。

土中で眠る習慣がある〈リビングデッド〉は、それゆえ土に造詣《ぞうけい》が深い。一度でも寝たことのある場所の土ならば、その特色や成分に至るまで、すべてを完璧《かんぺき》に記憶しているのだ。

さらにフンデルボッチの場合、どの樹木にどの土が好ましいのか、また、病んでいる草花にはどのような成分を土に注入すべきなのか、といった土壌学《どじょうがく》にまで精通《せいつう》していたのである。

生け垣を様々な形に刈りこんで庭を彩る造園技術も、時おり奇抜《きばつ》な一面を見せはするものの独学にしては技巧に富んでおり、及第点をやれる腕前だった。

かくしてオルレーユ城の庭は美しく飾られ、城主であるブラド卿の権威を高めるのに大いに貢献《こうけん》した。アリアの見立ては正しかったのである。庭のことは万事、フンデルボッチにまかせておいて間違いなかった。

ただ、やはり問題となるのは彼の風貌《ふうぼう》で、お世辞にも「気にしなくていい」とはアリアでさえも言えなかった。

庭という屋外が仕事場である以上、フンデルボッチはどうしても人目に触れやすいのだ。腐ってただれた肉の下から黄ばんだ骨を垣間見《かいまみ》せる庭師が闊歩《かっぽ》していては、主人たるブラド卿の沽券《こけん》にかかわる。放《ほう》ってはおけない。

そこでアリアは、フンデルボッチに身なりをととのえるよう言いわたした。毎日、服を着かえさせ、その服も長袖《ながそで》に長ズボンといった、イルザリアとは対極の理由から、肌が露出《ろしゅつ》しないものを選ばせた。手袋や帽子も義務づける。

残る問題は顔だった。ここが一番ひどい。

右目は眼球そのものが露出しており、左目に至ってはすっかりなくなっていて眼窩《がんか》にクモの巣が張られている始末。頬《ほお》のあたりにはヒクヒクと動く桃色の筋肉が見え隠れしていて、口のまわりは肉がすっかり削《そ》げ落ちて骨格だけになっていた。

このおぞましい顔面を隠せるアイテムはひとつしかない。

「仮面よ！」

アリアが手わたしたのは、白く、表情のない、仮装用のお面だった。

顔の全面をおおい隠すことのできる仮面を装着させることで、フンデルボッチの体裁《ていさい》はようやくととのったのである。

いまも、ロビーにたたずむ彼は、アリアの指示どおり長袖《ながそで》に長ズボン、つば広《びろ》帽に革ブーツといった暑苦しい装いに身をつつみ、顔面には白色の、のっぺりとした仮面をきっちりと装着していた。肩に巨大な枝きり鋏《ばさみ》を担《かつ》ぎ、アリアをジッと見つめている。

――かえって不気味だわ……。

あらためてフンデルボッチの扮装《ふんそう》をまじまじと見ると、そう思わずにはおれないアリアだったが、いまさら脱げとも言えず、できるだけ直視しないよう努めるしかないのだった。

そんな彼らに〈バンシー〉のアリアを加えた総勢五名が、ブラド卿《きょう》に仕える忠実な僕《しもべ》たちであり、広大なオルレーユ城の住人であった。

「みんな、きいて」

アリアの第一声がロビーに凛《りん》とこだまする。

ブラド卿が留守のあいだ、みんなをまとめてオルレーユ城を守っていくのは自分なのだという使命感と、ちょっぴり偉くなったような心地よさに胸を躍《おど》らせてアリアは演説をぶった。

「これから、とっても大切なお話をします」

が、フォン・シュバルツエンだけがきいていない。イルザリアに見惚《みと》れていた。

「ちょっと、そこ、フォン・シュバルツエン、こっちを向きなさい！」

まるで反応がない。

「泣くわよ」

〈デュラハン〉が即座にアリアへ注目する。

「よろしい」

軽く咳払《せきばら》いして威厳《いげん》を保ったのち、アリアは語《ご》を継《つ》いだ。

「今宵《こよい》、ご主人さまが旅立たれました」

「まるで、お亡くなりになったようにきこえますなア、あ、は、は」

ちゃかすフォン・シュバルツエンをひと睨《にら》みで黙らせて、アリアはつづける。

「と言っても、気軽な旅ではないの。とても大きな脅威《きょうい》に備えての、重大な旅よ」

同僚たちがざわめいた。

「アリアちゃん、アリアちゃん」

そのざわめきのなかから、かん高い声でアリアの名前を二回、連呼する者がいた。

「大きな脅威って、なになに？」

愛くるしい、つぶらな瞳《ひとみ》をキラキラさせて、丸いペンギンのような〈ガーゴイル〉がアリアを見あげていた。セルルマーニである。

アリアはその問いを予期していた。ひと呼吸おいてから、衝撃をあたえるのに最も効果的と思われる表情と声音《こわね》で答える。

「法王庁《バチカン》の〈討伐者《クルセイダー》〉よ」

アリアの口からこの言葉が放たれると、同僚たちのざわめきがぴたりとやんだ。あとに残ったのは、一同の頭上にのしかかったような重苦しい沈黙だけである。

ややあって、

「ブラドさまは〈クルセイダー〉に狙《ねら》われているの？」

イルザリア独特の、のんびりとした美声が流れた。それでもかすかに震《ふる》えていて、気づかわしげな様子が感じられる。

「そうです」

アリアがうなずくと、清楚《せいそ》な〈サキュバス〉は口に手をあてて大きく目を見張った。

「大変だわ……」

「あ、でも、そんなに心配することありませんよ、イルザリアさん」

「なぜ？　わたくしたちにとって〈クルセイダー〉に狙われるということは一大事なはずですわ。アリアちゃんはブラドさまが心配ではないの？」

「もちろん心配です！」

そこだけは誤解されたくないアリアは間髪《かんはつ》入れずに応じた。

「でも、だからこそ、ご主人さまは今宵《こよい》、オルレーユ城をあとになされたんです。安全な場所へ御身《おんみ》を移されるために」

「それは、つまり――」

フォン・シュバルツェンが割って入ってきた。言いにくそうに一瞬ためらったのち、思い切ったように言葉をつづける。

「ブラド卿《きょう》はお逃げあそばされた、ということですか？」

「その表現は的確《てきかく》じゃないわね、フォン・シュバルツェン」

生徒の間違いを指摘する教師のような口振りで、アリアは即座に主人の不名誉を否定した。

「より正確に表現するなら、そうね……『ここはいったん退《ひ》いて相手の出かたをうかがい、勝機《しょうき》と見るや速やかに反攻に転ずるべく、いまは雌伏《しふく》して捲土《けんど》重来《ちょうらい》を期している』といったところかしら」

イルザリアとセルルマーニが目をパチクリさせていた。アリアの言葉を瞬時に理解できなかったようである。

それはフォン・シュバルツェンも同じだったようで、彼は小脇《こわき》に抱《かか》えた首の顎先《あごさき》をつまみ、アリアの返答を真剣に吟味《ぎんみ》する素振りを見せていた。

フンデルボッチに至っては、無表情な仮面のために、アリアの話をきいているのかどうかすらおぼつかない。

「アリアちゃん、アリアちゃん」

セルルマーニが、餌《えさ》を欲しがるペンギンのように嘴《くちばし》を開閉させた。

「つまりさ、どゆこと、どゆこと?」

「うん、つまりね——」

アリアは、背丈の低いセルルマーニのために、しゃがんで同じ高さに目をあわせ、それからゆっくりと説明した。

「ご主人さまは、こわーい人間に狙《ねら》われているの。だから、しばらくオルレーユ城を離れることになされたのよ。でも、すぐに戻られるから心配いらないわ」

「ふーん。そかそか」

嬉《うれ》しそうに両翼をパタパタさせている〈ガーゴイル〉の横では、対照的に〈サキュバス〉が豊満な胸に手をあてて辛《つら》そうに柳眉《りゅうび》をひそめていた。

「大丈夫ですよ、イルザリアさん」

アリアはすっくと立ちあがり、努めて陽気に声をかけた。

「前にも一度、ルイラムさんには狙われたことがあったけど、封じられたり、浄化《じょうか》されたりなんてことはありませんでしたから」

「なんとッ!」

驚きの声をあげたのはフォン・シュバルツェンである。

「見知った相手なのですか？　その〈クルセイダー〉とは」

「ええ」

アリアはこともなげにうなずいた。

「五十年ほど前だったかな。ご主人さまとわたしはお会いしたことがあるわ。まだブランのお城に住んでた頃《ころ》の話で、あなたたちがここへくる、ちょっと前のことよ」

ブラド卿《きょう》の配下ではアリアが一番の古株である。次いでイルザリア、フンデルボッチ、セルルマーニと続き、最後にフォン・シュバルツェンが半年ほど前に加わった。

「で、どれほどの力を持った〈クルセイダー〉なのですか？　そのルイラムとやらは」

「すごいわよ」

〈デュラハン〉の問いに、アリアは我がことのように胸を張って誇らしげに応じた。

「セイント・オブ・ザ・イヤーに史上最年少で輝いた、凄腕《すごうで》の〈クルセイダー〉なんだから！」

「なんですか、それ？」

「その年に最も活躍した〈クルセイダー〉に法王みずからが授与する、彼らの実力と栄誉を証明する立派な称号よ。それを、ルイラムさんはたった十六歳で授与されたの。その記録はいまも破られていないときくわ」

「ほほう！　それほどの猛者《もさ》ならば相手にとって不足なしッ。我らも戦いに備えたほうがよろしいですな」

〈デュラハン〉の勇ましい提案に、しかしアリアは小首をかしげた。

「戦い？」

「そうです。そのルイラムとやらは、ブラド卿を狙《ねら》ってここへやってくるのでしょう？　ならば我らも迎撃《げいげき》の準備をしなくてはなりますまい！」

「〈クルセイダー〉と……戦うってこと？……」

アリアは自問するようにつぶやいた。

〈クルセイダー〉との戦いの様相は、ときに凄惨《せいさん》をきわめることがある。傷つくのは互いの肉体ばかりでなく、周囲にまで甚大《じんだい》な被害をおよぼすのだ。

オルレーユ城内でルイラムと争った場合の光景を、アリアは頭のなかに思い描いてみた。

飛び交う絶叫。燃えさかる炎。聖と魔《ま》が力の限りぶつかりあう。

そんななか、アリアが丹精《たんせい》こめて織ったタペストリーは無情にも引き裂かれ、アリアが熟《じゅっ》考《こう》の末に選びぬいた高価な家具や調度品はことごとく破壊されること間違いなし。それらの残《ざん》骸《がい》が、磨きあげた床の上に散らかって床そのものを汚すこと請けあいだ。やがて柱が倒壊し、地鳴りとともに床がひび割れ、壁が崩れる。ついには天井そのものが落ちてきて、あとに残るのは瓦礫《がれき》の山と土煙だけ……。

アリアの身の毛がよだった。

「ダメよッ。そんなの絶対ダメ！」

美しく保たれた城内を、たとえどんな理由であろうとも、乱したり、汚したりすることは〈バンシー〉の感性が断じて許さない。

「戦う必要なんてないわッ。ルイラムさんの狙《ねら》いはご主人さまなんだし、そのご主人さまは安全な場所へお逃げ……じゃなくて、お隠れになっているんだもの！」

「ですが——」

「ルイラムさんには、ご主人さまの不在をきっちり説明したうえで帰ってもらいます！」

フォン・シュバルツェンの不満げな声を、アリアはぴしゃりと封じた。

「お留守のあいだの責任は、すべてこのわたしに課せられているのよ。ご主人さまが戻られるまでは、わたしの指示に従ってもらいます。いいわね、フォン・シュバルツェン？」

「はあ……」

反駁《はんばく》を許さぬ鋭い眼光をそそぎ、強引に〈デュラハン〉から同意の返事を引きだしたあと、アリアは他《た》の同僚たちへにこやかに言いわたした。

「ということで、みんなにも、いつもどおりの勤務をお願いするわ。ご主人さまが見てないからって手を抜いたりしたら、このわたしが承知しないから、そのつもりでね」

異様な気迫がただようアリアの笑顔を前にして、不満の声をあげられる者はいなかった。

第二章　嵐の前のなんやかや

1

オルレーユ城の周囲には幾《いく》つかの小さな村落が点在《てんざい》している。

そのどれもが、うらぶれた家々が軒《のき》をつらねた寒村《かんそん》である。

そこの住人はすべて、れっきとした人間であるが、彼らはみなブラド卿《きょう》の呪縛《じゅばく》に心を捉《とら》えられ、従順な下僕《げぼく》と化していた。

ひとたびブラド卿の呪縛にかかると、そこから自力で脱することはきわめて困難である。元凶《げんきょう》であるブラド卿が消滅するか、修練をつんだ敬虔《けいけん》な聖職者の祈りによってのみ、彼らの魂《たましい》は救済されるのだ。

ブラド卿が貧弱な人間を足下に従《そっか》える動機は、ひとえに保身にある。

下僕《げぼく》と化した人間たちの村落がすべて、オルレーユ城を中心とした同心円上に点在していることからも、それはうかがえた。

つまりは結界《けっかい》である。

その円内に足を踏み入れたよそ者は逐一《ちくいち》、村落の下僕たちによって、ただちにオルレーユ城へ知らされるという仕組みであった。

言うまでもなく、これは法王庁《バチカン》が放つ〈クルセイダー〉に備えての措置《そち》である。敵の襲来《しゅうらい》を早々に察知できれば、迎撃《げいげき》するにせよ、逃走するにせよ、その準備に充分な時間をかけられるからだ。

この結界を維持するのに、ブラド卿《きょう》は並々ならぬ労力をついやしている。

村の人間を力や恐怖だけで支配するのでは、いくら心を呪縛《じゅばく》していても、下僕たちは絶望のあまりに逃亡や、みずから死を選ぶことが懸念《けねん》される。村人の数が減り、ひとつ、またひとつと村落が消滅していっては、やがて結界も崩壊してしまう。

それを避けるためには、ときに彼らの要望に耳を傾け、可能な限りそれらをかなえてやり、彼らの安全と生活の維持に心を砕かなくてはならなかった。

作物が不作の年には食糧《しょくりょう》を無償であたえたり、病に苦しむ村落があれば医薬品を提供したりと、その動機は利己的ながらも彼らに対するブラド卿の施政は寛大だった。

そのかいあって、いまではブラド卿を名君と慕い、強く呪縛せずとも、すすんで意に従う者さえ現れている。

仮に、彼ら村人を〈傀儡《ストリゴイ》〉などの魔物《まもの》にかえて支配していれば、ブラド卿の負担はずっと軽減されたことだろう。魔物であれば近隣の村々や旅人を襲って勝手に腹を満たすだろうし、病を恐れる必要もないから、そもそも面倒を見る必要がないのだ。

しかし、それでは法王庁《バチカン》の注意を引くことになりかねない。夜ごと人間の死体が山と積まれる呪《のろ》われた土地を、法王庁《バチカン》は間違いなく不審《ふしん》に思うことだろう。けっきょく、みずから〈クルセイダー〉を招きよせることになってしまい、平穏はたちまち破られる。

それはブラド卿の望むところではない。

ために、村人には、あくまでも普通の人間であってもらわなくてはならなかった。普通の人間であるということが、ブラド卿の下僕であるということの何よりの隠《かく》れ蓑《みの》になるのである。

ブラド卿は、自分の治下を敢《あ》えて人間社会のままにしておくことで、自身の安全と平穏を保っているのだった。

同僚たちを解散させたあと、アリアはロビーの一隅《いちぐう》にしつらえた文机《ふづくえ》に向かい、せかせかと鵞《が》ペンを走らせて書状をしたためていた。

宛先《あてさき》は、ブラド卿《きょう》の支配下にある村落の代表者たちである。

内容は、よそ者への警戒をより一層、厳しくするように、との指令であった。さらに、不審者を見つけても手は出さず報告するだけにとどめるように、との注意も添えてある。

フォン・シュバルツェンへは「備えの必要などない」と言い張ったアリアであるが、それはあくまでも戦うことへの備えであって、ルイラムがオルレーユ城へやってくることへの備えはまた別の話なのだ。

——村人が下手《へた》に刺激して、ルイラムさんを怒らせてはことだもの！

その懸念《けねん》からペンを取ったのである。

アリアは是が非でも戦いを避けたかった。

「誰《だれ》が傷つくのも見たくはないの！」

などという殊勝《しゅしょう》な理由からではない。

何よりも、オルレーユ城を荒らされるのが耐えられないのだった。

アリアが五十年かけて美しくととのえた城である。注いだ愛情の分だけ愛着があった。ようやく構想していたとおりに仕上がったオルレーユ城が、一夜にして灰燼《かいじん》に帰《き》すなど、考えただけでも発狂しそうである。

個人的な事情を抜きにしても、アリアには留守を預かる者として、主人が帰ってくるまでオルレーユ城を平穏に保つという大きな責任が課せられているのだ。

なのに、ブラド卿《きょう》が帰ってきた時オルレーユ城が瓦礫《がれき》の山と化していたら、どんなに怒られることだろう。

──きっと、いっぱい、いっぱい怒られる……。

ブラド卿に怒られている光景を想像しただけで、アリアの目は涙で潤《うる》むのだった。

お留守ばんという、初めて課せられた大役を果たせなかった時の悲しみも、きっと筆舌《ひつぜつ》につくしがたいものがあるに違いない。もしかしたら残りの一生を泣いてすごすことにもなりかねない。

──そんなの嫌よ、絶対に……ここを戦場にしてたまるものですかッ！

涙の粒を払い、鼻をすすって、どうにか泣きだすのをこらえたアリアは、深呼吸して気を取りなおし、ふたたび鵞《が》ペンを走らせた。

書状が最後の一枚にさしかかると、アリアは右手で鵞ペンを走らせながらも、左手を机上にさまよわせて、小さな陶製の呼び鈴をさがした。筆記をしつつ、それをつかむと軽く左右に振って涼やかな音を奏でる。

しばらくすると、

「キキ、キキキ……」

アリアの頭上で耳なれた鳴き声がきこえた。

「ご苦労さま。ちょっと待ってね。もうおわるから」

アリアは紙面に視線を落とし、鵞ペンを走らせながら声をかけた。見なくても正体はわかっている。

「よし、できた！」

ペン先をしっかり拭《ぬぐ》い、鵞《が》ペンを筆立てに戻し、インク瓶の蓋《ふた》をきっちりしめると、そこでようやく頭上を見あげた。

小さなコウモリが五匹、忙《せわ》しなく翼を打ちおろしながら宙にただよっていた。

彼らコウモリは、本来はブラド卿《きょう》の使《つか》い魔《ま》である。優れた聴力と飛行能力を持ち、軽くて小さなものなら運ぶこともできることから、もっぱら通信や偵察《ていさつ》に用いられている。

緊急時の連絡用にと、アリアにも自由に使役《しえき》することが許されていた。

「これを村長たちにとどけてほしいの。重要な指令書だから、くれぐれも慎重かつ迅速《じんそく》にお願いね」

言いながらもアリアは、したためた書状を一枚ずつ丁寧《ていねい》に丸めて筒状にすると、それぞれのつなぎ目に蠟《ろう》を垂《た》らして封をしていった。仕上げに指輪で封印をほどこす。

蠟に押し刻まれた印は、火を吐く竜《ドラクル》の横顔を図案化したものであった。ブラド卿の紋章《もんしょう》である。

アリアの繊細な指にはめこまれた、この紋章つきの指輪は、ブラド卿が自分の名代《みょうだい》をアリアに許した信頼の証《あかし》であった。アリアにとっては命よりも大切な至宝である。

「お待たせ。さあ、いいわ。ひとつずつ持っていってちょうだい」

五枚から五本にかわった書状を机の上に並べると、アリアは、客に品物を選ばせる商人よろしく、さっと両腕をひろげてみせた。

「キキキ……」

コウモリたちは礼儀正しく一匹ずつ舞いおりてきて、それぞれが気に入った書状を器用に足でつかむと、ふたたび天井へ舞いあがっていく。

そのあいまにアリアはロビーの窓辺へ歩みより、コウモリたちが飛びたつための出口を開け放った。

「いい？　必ず返事をもらってくるのよ。そうでないと本当に読んで理解したのか不安だものね。この指令はどうしても徹底してほしいの。だから頼んだわよ」

「キキ……」

「いつものように帰りは煙突から入ってらっしゃい。ご褒美《ほうび》の蜂蜜《はちみつ》入りホットミルクは暖炉の側《そば》においておくからね。大丈夫よ。あなたたちの数だけ用意しておくから、このあいだみたいに一枚のお皿をめぐって喧嘩《けんか》なんてさせないわ。それじゃ、気をつけてね」

書状をたずさえた五匹のコウモリが、月夜の空へと静かに飛翔《ひしょう》していった。

「ふう……これでホントに一段落だわ」

窓をしめ、ホッと一息もらしてから振りかえったアリアの鼻先に、フォン・シュバルツェンの首があった。

「うぎゃあアアアア」

城内にアリアの悲鳴がこだまする。

「音もなく背後に立たないでよッ。びっくりするじゃない！」

胸に手をあてて高まる動悸《どうき》を必死におさえ、肩を揺《ゆ》らして呼吸をととのえつつ、アリアは突きだされた〈デュラハン〉の頭に拳骨《げんこつ》をおみまいした。報いを受けさせたあと、不埒《ふらち》な同僚をキッと睨《にら》みつける。

そこでアリアは初めて理解した。普段は鎧《よろい》を響《ひび》かせて動きまわっているフォン・シュバルツエンが、この時ばかりは無音でひとの背後に忍びよれたわけを。

彼は古風な鎧を脱ぎ、かわりにタキシードをまとっていたのである。いつもはボサボサで無《む》頓着《とんちゃく》な亜麻色《あまいろ》の頭髪も、いまは丹念にブラシが入れられており、整髪料でしっかり固められていた。体のあちこちからは、ほのかに甘みのあるいい香りがする。

こうして見ると、フォン・シュバルツエンはなかなかの好男子であった。胸板は厚く、上背《うわぜい》もあり、堂々たる身のこなしだ。社交場へ赴《おもむ》けば、さぞや淑女《しゅくじょ》たちの熱い視線を独占することだろう。

──惜しむらくは、肩の上に首がないことね……。

実際、首のない彼はネクタイが巻けないらしく、服の着こなしは完璧《かんぺき》なのに、その襟元《えりもと》はいささか寂しいのだった。

アリアは呆《あき》れて肩をすくめた。

「何よ、その恰好《かっこう》は」

「いやア、レディをエスコートするのですから、無骨な恰好では礼に失《しっ》すると思いましてな」

フォン・シュバルツェンは、小脇《こわき》に抱《かか》えた自分の頭を照れくさそうにポリポリと掻《か》いた。

「レディ？」

「またまたア……イルザリアどのに決まっているではありませぬか」

「あ……」

アリアは思わず口に手をあてた。不覚にも、〈デュラハン〉との約束を思いだしてしまったのである。

——すっかり忘れて煙《けむ》にまくつもりだったのに……しまったな……。

ひとたび思いだしてしまった以上、シラをきるのは難しい。胸の内で舌打ちするアリアだった。

「あ……ってなんです？　あ……って」

アリアの心を見透《みす》かしたように、フォン・シュバルツェンが左手を突きだして首を近づけてきた。

「それがしとの約束、よもや反故《ほご》にするおつもりではありますまいな？」

険しい顔つきの首だけが、アリアの鼻先にじわりじわりとよってくる。

「ま、まさか、そんなことしないわ、安心して、あは、あは、あははは……」

だが容赦《ようしゃ》なくフォン・シュバルツェンの首は迫りくる。

「ち、ちょっと……」

アリアはじりじりと後ずさりした。

が、すぐに背中が壁に張りつき退路が断たれる。

「わ、わかったわ！　いますぐイルザリアさんにきいてきてあげる。だから、首だけを近づけるのは、お願いだから、やめて……」

ついにアリアが観念すると、〈デュラハン〉はようやく首を小脇《こわき》に戻し、その満面に笑《え》みをたたえた。

「では、それがしはここでお待ちしておりますので」

「言っときますけど、デートする意思の有無を訊《たず》ねるだけですからね。断られたって、それはわたしのせいじゃないわよ」

「心得ておりますとも。しかし、断られるにしても、ご本人の口からお返事をいただきたいものですなァ」

「つれてこいってこと？」

「それが男女のあいだの礼儀かと」

「何が礼儀よッ。気味の悪いモノを突きつけて、さんざんわたしをおどしたクセに……」

「は？　なんですと？」

アリアのつぶやきに、首をのせたフォン・シュバルツェンの左手が近づいてくる。

「な、なんでもないわよ……もおッ」

アリアは逃げるようにこの場をあとにした。

2

「お引き受けいたしますわ」

アリアの予想をくつがえす返答が、イルザリアの口から何げなくもたらされた。

薔薇《ばら》の花々のまき散らす雲霧《うんむ》が、窓から降りそそぐ月の光に照らされて、彼女の部屋をほのかに赤く染めていた。

部屋の主《ぬし》は窓辺の籐椅子《とういす》に腰かけて、頬杖《ほおづえ》をつきながら物憂《ものう》げに窓の向こうを眺めている。

「い、いいんですか、ホントに？」

「ええ」

「相手はあの間抜けな〈デュラハン〉なんですよ？」

「伺《うかが》いましたわ」

しつこく確認するアリアに、慎《つつ》ましやかな〈サキュバス〉はそっと振り返り、ゆったりと微笑《ほほえ》んだ。

「ふしだらな女になる、いい機会ですもの。ブラドさまのお留守に、別の殿方《とのがた》とおつきあいするなんて、とってもはしたないことだとは思わない？」

「はあ……」

正直に言えば、その程度のことをはしたないなどとアリアは思わない。

そもそもイルザリアは〈サキュバス〉なのだから、同時に何十人もの男をくわえこんでいたって不思議ではないのだ。

——でも、イルザリアさんにしてみれば、はしたないのかな……。

もう何十年もブラド卿《きょう》以外の男と接していないのである。否《いな》、そのブラド卿に対してすら、やすやすと肌に触れさせない彼女である。フォン・シュバルツェンとのデートは、彼女にとって、充分ふしだらな行為に違いなかった。

「……わかりました」

釈然《しゃくぜん》としないアリアであったが、当人どうしが諒解《りょうかい》している以上、立案者として、ふたりのデートのお膳立《ぜんだ》てをしないわけにはいかなくなった。ふしだらな女になるための協力を約束した手前もある。

「じゃあ、お召し物、かえますか？」

「このドレスでは相手に失礼かしら？」

「ぜーんぜん。あんなのが相手なら裸だっていいくらいですよ。むしろ、そのほうがよろこぶかも」

アリアは冗談で言ったつもりだが、

「そんな、はしたないわッ！」

イルザリアは顔を真っ赤にして自分の体を強く抱きしめていた。怒っているのか、恥ずかしがっているのか。おそらく両方なのだろう。

「あはは、冗談ですよ、やだなア……」

「冗談にしてはお下品すぎますわよ、アリアちゃん」

イルザリアの口ぶりは娘をたしなめる母親のようである。

「はい、気をつけます……」

アリアは神妙に返答しながらも、

――ふしだらな女《ひと》になるには、そうとう時間がかかりそう……。

同僚の長く険しい道のりをおもんぱかって、小さく肩をすくめるのだった。

イルザリアの手を引いてロビーへ行くと、そこでは、新婦の到着を待ちわびる新郎のような落ちつきのなさで、首を抱《かか》えたフォン・シュバルツェンがせかせかと歩きまわって円を描いていた。

アリアはその様子がおかしくて肩を揺《ゆ》らす。

「見てください、あの〈デュラハン〉を。みっともないですね？」

「あら、彼はきちんと礼装してますのね」

アリアの隣で、イルザリアが不安げに自分の装いを見まわしていた。

「やっぱり、わたくしも、ちゃんとしたドレスを着てくるべきではないかしら？」

「あんなのに気をつかうことありませんよ。イルザリアさんが横にいるだけで満足なんですから。さ、いきましょ」

アリアはそっと背中を押してイルザリアを前へ促した。

こちらに気づいた〈デュラハン〉は、イルザリアをひと目見るなり、小脇《こわき》に抱《かか》えた顔をだらしなくほころばせた。が、すぐに姿勢を正すと、優雅《ゆうが》に、うやうやしく一礼する。

「ご機嫌《きげん》うるわしく、レディ・イルザリア」

「ごきげんよう、フォン・シュバルツェン」

「今宵《こよい》、一晩だけ、それがしとおつきあい願えますかな？」

「ええ、よろこんで」

大人びたふたりの挨拶《あいさつ》がつつがなくおわったところで、アリアはふたりに手を振った。

「それじゃ、あとはおふたりで、ごゆるりとォ」

が、踵《きびす》を返しかけたアリアの腕を、イルザリアがさっとつかんでくる。

「待って、アリアちゃん」

アリアが驚いて振り返ると、相手も驚いたような顔をしていた。

「どこへいくの？」

「どこって……掃除、洗濯、その他《た》もろもろ、わたし、まだまだお仕事が残ってますから」

「困りますわ」

「困るって……何がです？」

「だって——」

言いかけて、ちらっとフォン・シュバルツェンの様子を窺《うかが》うイルザリア。それから、彼にきかれるのを嫌ったのか、アリアをつれて〈デュラハン〉から少し離れた。

「わたくし、アリアちゃんも同伴してくれるものと信じていたからこそ、彼のお誘いをお受けいたしましたのよ」

「それじゃデートにならないじゃないですか」

「ブラドさま以外の殿方《とのがた》とふたりきりになるなんて、わたくし不安ですわ」

「お庭を歩いて、テラスでちょっとおしゃべりすればいいだけですよ。あとで紅茶でもお持ちして様子を見に伺《うかが》いますから、安心してください。ね？」

アリアの説得は、しかしイルザリアに通じなかった。彼女は柳眉《りゅうび》をひそめ、すがるような眼《まな》差《ざ》しでアリアを見おろし、弱々しくかぶりを振るばかりである。

「第一、フォン・シュバルツェンが承知しませんよ」

「わたくしが頼んでみますわ」

「でも、そんなこと……って、あ、ちょっと——」

アリアの制止もきかず、イルザリアはフォン・シュバルツェンのもとまで戻ると、彼に向かって何かを頼みこむような素振りを見せはじめた。

フォン・シュバルツェンの、小脇《こわき》に抱《かか》えられた顔がみるみる曇っていく。拒絶の仕種《しぐさ》だろうか、邪険《じゃけん》に手を振ってさえいた。

——そりゃ、そうよね。

念願の相手との初デートを、第三者に邪魔《じゃま》されてもかまわない男などいるわけがないのだ。

イルザリアも野暮《やぼ》なことを頼むものだと、いささか呆《あき》れるアリアである。

やがてイルザリアが戻ってきた。

「いいそうですわ」

——いいんかいッ！

アリアは信じられぬ思いでフォン・シュバルツェンを見た。

両手をあわせて嬉《うれ》しそうに報告するイルザリアの向こうで、礼服姿の〈デュラハン〉が、どんな言葉で籠絡《ろうらく》されたのか、鼻の下を伸ばしてへらへらしていた。

——あんのバカ……。

恨《うら》めしそうに睨《にら》んでみたものの、当のフォン・シュバルツェンはアリアなど眼中にないようで、イルザリアだけを揚々《ようよう》と見つめている。

「さあ、参りましょう、アリアちゃん」

イルザリアに手を取られ、アリアの体はずるずると引きずられていった。

3

またたく無数の星影が、雲ひとつなく晴れわたった夜空を彩り、淡い光彩を放つ白銀色《はくぎんいろ》の満月が、オルレーユ城の広大な庭を青白く照らしていた。

幾何学的な形に刈りこまれた生け垣が、月の光を受けて不思議な影を庭の方々に落としている。

遠くからは規則正しい海鳴りがきこえていた。寄せては砕け散り、ゆっくりと引いていく潮《しお》騒《さい》は、しかしまったく耳障《みみざわ》りでなく、かえって夜の静謐《せいひつ》さをきわだたせている。

「美しい夜ですなア」

「そうですわね」

テラスにある長椅子《ながいす》に、フォン・シュバルツェンとイルザリアが並んで腰かけ、ひとしく夜空を見あげていた。

「しかし、貴女《あなた》に比べれば、夜空の星など砂粒同然。この世のいかなる花でさえも、貴女の前ではすべてが枯れて見えます」

「まあ、お上手ですこと」

「いやア、あ、は、は、は」

「おほほほ」

——はいはい。

ふたりの会話を右の耳から左の耳へと流しつつ、アリアは胸中でぼやいていた。フォン・シュバルツエンが口にする陳腐《ちんぷ》で歯の浮くような数々の台詞《せりふ》に、いい加減うんざりしている。さらに、膝《ひざ》の上に首をおきながら女を口説《くど》く、その品のなさにも呆《あき》れていた。

——まったく。こんな時くらい、首は肩の上におきなさいよね。

ふたりから少し離れたテラスの手すりにちょこんと腰をおろして、両足をぶらぶらさせながら、アリアは所在なげにあたりを見わたした。

——あーあ、早くお掃除とお洗濯がしたいなア……ん？

庭の片隅《かたすみ》に、巨大な枝きり鋏《ばさみ》を肩に担《かつ》いだ〈リビングデッド〉がいた。フンデルボッチである。庭の各処《かくしょ》を入念に見てまわっている様子だ。

表情のない仮面が、青白い月明かりにぼうっと浮かびあがって気味が悪い。が、アリアの言いつけどおり、彼は日常の仕事を黙々とこなしているようだった。

——うん、感心感心。

フンデルボッチの真面目《まじめ》な働きぶりは、みずから強く推薦《すいせん》したこともあって、アリアを大いによろこばせた。

──思えば、ご主人さまの配下でまともなのは、わたしを除けば、フンデルボッチくらいなものね。

彼を見つめるアリアの眼差《まなざ》しは、息子を見守る母親のそれに似ていた。

ところが、見ているアリアの目の前で、まともなはずの〈リビングデッド〉が右手をぼとりと地面に落としたのである。

──うッ……。

頬《ほお》を引きつらせるアリアとは対照的に、本人は少しもあわてず落ちついた様子で右手を拾いあげると、それを右の袖口《そでぐち》へ無造作《むぞうさ》に突っこんで、ねじったり、押しこんだりした。

が、その拍子に、今度は右肩から腕がもげる。

これにはさすがの本人も驚いたようで、彼はもげた右腕をひろうと不思議そうにそれを見つめ、やがて、すべてをあきらめたのか、モゾモゾと土のなかへもぐっていってしまった。

──前言撤回《ぜんげんてっかい》……。

アリアの全身を脱力感が襲う。

精神衛生上、いまのは見なかったことにして、アリアは視線を転じると、今度はオルレーユ城の門に意を注いだ。

上部にずらりと棘《とげ》のついた、いかめしい、背の高い鉄の門が入口をしっかり固めていた。

そのすぐ内側で、ずんぐりむっくりした影がぽつねんとたたずんでいる。

〈ガーゴイル〉のセルルマーニであった。門の外にジッと睨《にら》みをきかせているようだ。

——姿形《すがたかたち》は不恰好《ぶかっこう》でも、仕事をきっちりこなしているんだもの、立派よね。

フンデルボッチで味わった失望を、その丸い影が癒《いや》してくれそうな気がして、アリアはしばらくセルルマーニを見守ることにした。

突然、そのセルルマーニが、丸々とした体をブルッと震《ふる》わせた。

——何かしら？

門番であるセルルマーニの尋常《じんじょう》でない様子は、すなわちオルレーユ城になんらかの異変が差し迫っている兆《きざ》しである。ささいな変化でも、おろそかにしてはいけない。

アリアは全身を緊張させて門の付近に目を凝《こ》らした。

よく見ると、門扉《もんぴ》の向こうに一匹の野犬がいて、それが柵《さく》ごしにセルルマーニを鋭く睨んでいたのだった。

——なーんだ、犬か。

アリアはホッと胸を撫《な》でおろす。

が、次の瞬間、セルルマーニがくるりと踵《きびす》を返し、よちよちと不器用な足どりながらも彼にしては猛烈《もうれつ》な勢いで、こちらへ駆けよってくるではないか。

「アリアちゃん、アリアちゃん」

息を弾ませてやってきたセルルマーニを、アリアは手すりの上から冷やかに見おろした。

「あら、門番をしているはずのセルルマーニじゃない。職場を放棄《ほうき》して何しにきたの？」

「さ、サボってないよ。ただね、うんとね――」

「犬が怖くて逃げてきたのなら承知しないわよ」

「……………」

「戻りなさい」

ビシッと門の方角を指し示すアリア。

すると、セルルマーニが黒目がちの大きな目でアリアを悲しげに見あげてきた。

「ダメよ、そんな顔したって」

愛らしく、抱きしめたくなるようなその表情に、昔は幾度《いくど》となく騙《だま》されたアリアだったが、いまとなっては通じない。

「あなたのお仕事は、オルレーユ城を守るうえでとっても重要なの。特にいまはね。もっと責任と緊張を感じなさい」

「でもさ、でもさ」

「何よ」

「ボクの見た目って、ホントに怖くて恐ろしいの？」

「な、何言ってるのよ、あたりまえじゃない」

「犬にも眼《ガン》つけられるのに？」

「…………」

とっさに慰《なぐさ》めの言葉が浮かばないアリアだった。

が、ここで黙っていてはセルルマーニの意気は消沈したままである。ひとたび自信を失った彼は二度と門番に立ちたがらないであろう。

——なんか言わなくちゃ。

アリアは手すりから跳びおりると、

「よくきいて、セルルマーニ」

膝《ひざ》をつき、そっと〈ガーゴイル〉を胸に抱きよせた。

「あなたは立派に変よ。それは〈ガーゴイル〉として誇るべきことだわ」

「……そうかなア？」

「そうよ。ただ、犬にはあなたの魔力《まりょく》が通じないだけなの。でも、人間にならきっと通じるはずだわ。そして、わたしたちが相手にするのは犬じゃない、人間でしょ？　そこのところを勘違いしてはダメよ」

「そかそか」

「わかった？」

「うんうん、わかった気がする！」

飛べない〈ガーゴイル〉は、それでも両翼をパタパタさせてすっかりよろこんでいた。

——単純な子……。

元気になって戻っていくセルルマーニの背中を、アリアは複雑な気持ちで見送った。

世話のやける〈ガーゴイル〉をなだめすかしたあと、ほったらかしだったイルザリアの様子が心配になってアリアが振り返ると、案の定、彼女はフォン・シュバルツェンの話そっちのけで、すがるような眼差《まなざ》しをちらちらとアリアによこしていた。

「そろそろお部屋へ戻りましょうか、イルザリアさん」

「あら、もうそんな時間？」

アリアが声をかけると、イルザリアは月をあおぎ見て、その位置から時の流れを確認する素振りを見せた。が、実はその言葉を待っていたようで、口ぶりは残念そうでも、声音《こわね》からは安堵《あんど》した様子がうかがえる。

イルザリアが優雅《ゆうが》に立ちあがると、

「まだ……まだよろしいではありませぬか！」

フォン・シュバルツェンも首を抱《かか》えてあたふたと立ちあがり、名残惜《なごりお》しそうに引きとめた。

「夜は始まったばかりです……そうだ！　ダンスなどいかがです？　ぜひ、それがしと一曲」

「それはまた今度になさい、フォン・シュバルツェン」

アリアは柔らかな声で思いとどまらせた。

「イルザリアさんもお疲れのようだし、ね？」

「はあ……」

逞《たくま》しい肩をガックリと落とした〈デュラハン〉に、イルザリアが微笑とともに手の甲を差しだす。

「ありがとう、フォン・シュバルツェン。あなたのお話、とても愉快でしたわ」

「……光栄です、レディ」

フォン・シュバルツェンは、右手で彼女の手をうやうやしく取ると、左手にある首をそれに近づけて、そっと唇《くちびる》をあてた。

テラスから城内へと去っていくイルザリアの後ろ姿を、フォン・シュバルツェンが悲しげな眼差《まなざ》しで見送っていた。

そんな彼の脇腹《わきばら》を肘《ひじ》で小突いてアリアはささやく。

「彼女と踊りたかったら、まず、その左手にある首をなんとかすることね」

「は？」

いぶかしげな〈デュラハン〉へ、アリアは片目をつむっておどけて見せた。

「ダンスには両手が必要でしょ？」

しばしの沈黙ののち、

「なるほど、そういうことでしたか……」

フォン・シュバルツエンはようやく己《おのれ》の不覚をさとったようだった。

4

オルレーユ城の本丸とテラスとを結ぶ列柱回廊《れっちゅうかいろう》で、アリアはイルザリアに追いついた。

アリアが駆けよると、イルザリアは白い手をさしのべて迎えてくれた。

姉妹のように手を結び、ふたりは並んで回廊を歩く。

「ブラドさま以外の殿方《とのがた》と、久しぶりにお話しして緊張したせいかしら。すっかり疲れてしまいましたわ」

気恥ずかしそうに肩をすくめ、それでも心地よさげな微笑をひらめかして、イルザリアはデートの感想を告白した。

「それに、フォン・シュバルツエンがあんなに紳士だとは思いませんでしたわ」

「まがりなりにも騎士ですからね」

何げないアリアの言葉に、イルザリアが途端《とたん》に顔を曇らせた。

「〈デュラハン〉として甦《よみがえ》ってしまったということは、きっと、生前に強い未練があったのでしょうね……」

「………」

「そういえば、わたくし、彼がここへきて以来、ずっと彼のファーストネームを伺《うかが》うのを忘れていましたわ。失礼だったかしら？」

イルザリアの問いに、アリアは小さくかぶりを振った。

「いいえ。むしろ、これからもきかないであげてください」

「なぜ？」

「ないんです」

「ない……って、ファーストネームが？　でも彼は、昔は人間だったのでしょう？」

信じられない、といった表情のイルザリアである。

アリアはうなずくと、声を暗く響《ひび》かせた。

「首を落とされて死んだ彼に残されたのは、シュバルツェンという家名《かめい》だけなんです」

「どういうことですの？」

「わたしも詳しいことはきかされてないんですけどね、なんでも中世では、大罪を犯した者は首を刎《は》ねられ、さらに、神に名を呼ばれて導かれないよう、墓標《ぼひょう》に名を刻まれることもなかったそうなんです」

「では、彼は罪人として処刑されたというの？」

「彼が名を奪われて、〈デュラハン〉となってしまった経緯《けいい》はわかりません」

「そう……」

「でも――」

アリアは、それまでうなだれていた頭をさっとあげて、ニッコリ笑った。

「いまのフォン・シュバルツエンはわたしたちの大事な仲間です。あんな間抜けでもね。それだけはたしかですよ」

「そうね……それで充分ですわね」

イルザリアもつられたように微笑《ほほえ》んだ。

西の塔《とう》の、赤い靄《もや》のかかった部屋へ戻ってくると、イルザリアは窓辺の籐椅子《とういす》に腰をおろして、窓ぎわの薔薇《ばら》を指先で愛《いと》しげに撫《な》でながら声に笑いをふくませて言った。

「彼ったらおもしろいのよ」

彼とはフォン・シュバルツエンのことであろう。思いだしたおかしさをこらえ切れないのか、優美な線をなす彼女の肩が小刻みに揺《ゆ》れている。

「わたくしのことを夜空の星々や、高原の花々にたとえてくださるのだけど、最後には『この世のいかなる自然も、貴女《あなた》の美しさにはとうていおよばない』とかおっしゃって、ね？　矛盾していると思いませんこと？」

言ったあとで、ふたたび上品に笑った。

そんなイルザリアを見ていると、アリアもなんだか嬉《うれ》しくなる。抱《かか》えている悩みに、ともすれば眉《まゆ》をひそめ、目を伏せがちだった彼女が、いまは心から楽しそうに声を立てて笑っているのだ。

「今夜のイルザリアさん、楽しそう」

「あら、本当だわ」

イルザリアは自分の笑い声に驚いたように目を丸くして、両手を口にあてた。

「でも、いけないことね……ブラドさま以外の殿方《とのがた》のことを、こんな風《ふう》に楽しげに披露《ひろう》するだなんて、はしたないわ」

「いいことじゃないですか」

「どうして?」

「だって、ふしだらになりたいんでしょ?」

「あ……」

イルザリアは自分の宿願《しゅくがん》をようやく思いだしたようだ。

「そうでしたわ……でしたら、これでいいのかしら」

真面目《まじめ》な顔つきで訊《たず》ねてくる〈サキュバス〉に、アリアは肩をすくめて応じた。

「まだまだ道のりは長いですけど、まずは、こんなもんじゃないですか?」

「そう……そうですわね」

「あせることありませんよ。ゆっくり、慎重にいきましょ」

「ええ」

「わたし、紅茶を淹《い》れてきますね」

アリアは踵《きびす》を返して扉に手をかけた。

「アリアちゃん」

「はい」

呼びとめられて振り返ると、そこにはイルザリアの穏やかな微笑があった。〈サキュバス〉とはとても思えぬ、母親のような、慈愛にみちた眼差《まなざ》しをアリアに注いでいた。

「ありがとう、アリアちゃん」

この言葉が紅茶に対するものではないことを、アリアはちゃんと知っている。が、面と向かって、あらためて感謝されるとなんだか気恥ずかしい。

けっきょく、肩をすくめて首を横に振るだけで、ろくな返答ができないアリアだった。

第三章　魔女は来ませり

1

その日は朝から、空一面に灰色の雲が低く垂《た》れこめた、気の滅入《めい》る天候だった。

時おり天から白い光が糸のように細く差すこともあるが、それはたちまち暗雲に断ち切られ、太陽は常におぼろげで地上をあまねく照らすことはない。

「降るのかなア……」

テラスに立ち、空を見あげたアリアの口から嘆息《たんそく》がもれる。城内に幾《いく》つもある部屋のすべてを掃除しおえ、洗いおえたベッドカバーやシーツを干しにやってきたのであった。

が、空にゆったりとただよう重たげな雲の群れは、見るからに雨をふくんでいそうだ。干した途端《とたん》に降られては目もあてられない。

その一方で、ときどき薄日が差すものだから、きっぱりとあきらめきれないアリアだった。

「今日じゅうに乾かしたいんだけどなア……洗濯物はためたくないし、部屋干しも避けたいところだわ」

アリアが愚痴《ぐち》っている、まさにその時、不意に雲の切れ間から太陽が顔を覗《のぞ》かせ、アリアの周囲をパッと明るく照らした。

これが決め手となった。

「ええい、干しちゃえ！」

洗濯籠《かご》から取りだされた白いシーツが豪快にひろがった。

ブラド卿《きよう》がオルレーユ城を留守にしてから六日がすぎている。

その間《かん》、アリアの記憶に残るような特別なことは何も起こらなかった。

フォン・シュバルツェンは相もかわらず間抜けだし、イルザリアは笑《え》みをこぼすようになったもののふしだらな女には程遠く、セルルマーニは草木のざわめきや動物の鳴き声に怯《おび》えながらも門番に立ち、フンデルボッチは腐《くさ》った体を引きずって庭の手入れに余念がない。

特筆すべきことを強いてあげるならば、逃亡先のブラド卿から便りがあったことくらいである。使《つか》い魔《ま》のコウモリによってもたらされたその手紙には、すべての荷物がつつがなく届いたことと、それへの感謝の言葉がつづられていた。

主人がアラバンの地下墓地へ無事に到着したことを知り、アリアはすっかり安堵《あんど》したものである。

——万事、順調ね。

穏やかな日常こそ、留守を預かる者の至福《しふく》なのだ。

そんな感慨《かんがい》を抱《いだ》くアリアの眼前では、干しおえたベッドカバーやシーツがゆったりと風にそよいでいた。それら布の波間で石鹸《せっけん》の香りにつつまれていると、それだけで心が和《なご》むアリアだった。

「うーん、いい香り……」

清潔の証《あかし》である芳香を胸いっぱいに吸いこんで満喫《まんきつ》すると、

「お願いだから、夕方まで頑張ってね」

アリアはおぼろげな太陽を心から励まし、軽くなった洗濯籠を胸に抱きしめてテラスをあとにした。

ロビーに戻ってくると、中央にフンデルボッチがぽつねんとたたずんでいた。巨大な枝きり鋏《ばさみ》を肩に担《かつ》いだまま、つば広《びろ》帽の下の白い仮面を左右に振って何かをさがしている様子である。

「あら、珍しいわね。あなたが朝から土の上にいるなんて」

洗濯籠を抱《かか》えたまま、アリアは近づいて声をかけた。

日中は土のなかにもぐって休んでいることが多い〈リビングデッド〉が、朝っぱらから地上に出てくるのは、たしかにまれなことであった。

「どうかした？　何かさがしもの？」

するとフンデルボッチは、のっそりとした緩慢《かんまん》な動きでアリアを指差してきた。

「……ん？　わたし？　わたしをさがしてたの？」

白い仮面がゆっくりと縦に振られる。

「何かしら？」

首をかしげるアリアをおいて、フンデルボッチはのそのそと庭のほうへ歩きだした。

アリアがその様子を見守っていると、〈リビングデッド〉は立ちどまって振り返り、腐《くさ》りかけた手でゆらゆらと招くのである。

「ついてこい、ってことかな……」

相手の意図をはっきりと理解できぬまま、とりあえず、アリアは庭師のあとをついていくことにした。

フンデルボッチに案内された先は、オルレーユの城門だった。

黒光りする、いかめしい、格子状《こうしじょう》の鉄扉《てっぴ》がしっかりと入口を閉ざしている。ここをあけられるのは鍵《かぎ》を預かっているアリアしかいない。

さらには〈ガーゴイル〉によって警護《けいご》もされているので、侵入者への備えは万全なはずであった。

ところが、

「あら？」

その〈ガーゴイル〉の姿が見あたらない。あたりを見わたしても、丸いペンギンのような、ずんぐりむっくりした影は見つけられなかった。

アリアの肩がガックリと落ち、口から深い溜《た》め息《いき》がもれる。

「んもお、しょうのない子……」

〈ガーゴイル〉のセルルマーニは、くだらない何かに怯《おび》えて、どこかへ逃げてしまったものと思われた。

日中こそ、人間が最も活発に行動する時間帯であり、アリアたちにとっては警戒を厳《げん》にしなければならない時間帯なのである。

フンデルボッチもそのことを心得ているがゆえに、慣れない早朝にもかかわらず土中から這《は》いだしてきて、城門の無用心をわざわざ知らせにきてくれたのだろう。

「ありがとう、フンデルボッチ。セルルマーニには、あとでしっかりお灸《きゅう》をすえておくわ」

しかし、白い仮面は左右に振られていた。

「え……違うの？」

アリアの問いかけに、フンデルボッチは黙然《もくねん》と地面を指し示す。

その指先を目で追ってアリアが見つけたものは、革張りの、四角い、箱のような旅行鞄《りょこうかばん》だった。鞄《かばん》の表面はところどころに傷があるものの、丁寧《ていねい》にニスが塗られているようで、全体が渋い光沢を放っていた。長いあいだ大切に使われてきた鞄であることがひと目でわかる。

「あなたの？」

アリアの問いに、フンデルボッチの仮面は左右に振られる。

「じゃあ、どうしたの？」

と続けて問うと、〈リビングデッド〉は緩慢《かんまん》なジェスチャーで説明をはじめた。

アリアはそれを真剣に見つめ、意味するところを読み解こうと試みた。

「なになに……今朝、カラスの、鳴き声が、うるさかったので、ふむふむ、地中から、這《は》いだしてみたら、たくさんの、カラスが、仲良く、濡《ぬ》れていた……何それ？」

アリアの解答に、白い仮面は激しく横に振られていた。

「違うの？」

どこかで解読《かいどく》を誤ったようである。

フンデルボッチは最初から説明をやりなおした。

「えーっと……たくさんの、カラスが、一箇所に……ああ！　群れていた、ね。ふむふむ、それで？」

アリアに促されて、フンデルボッチのジェスチャーは続く。

「カラスの、群れに、近づくと、うんうん、カラスたちは、一斉に、飛びたって、ほうほう、

残っていたのが、なんと、この鞄《かばん》であった……ふーん、なるほどねェ」

どうやら、目の前の四角い鞄は外部からもたらされたものであるようだ。

アリアは胸に抱《かか》えていた洗濯籠《かご》を地面におろすと、四角い鞄のもとまで歩みより、間近にかがんでジッと観察した。

フンデルボッチの証言を信じるならば、この鞄はカラスたちが運んできたものと見るべきであろう。

とすると、ブラド卿《きょう》のものではありえない。アリアの主人はカラスにまで影響力を持っていないからだ。

不審《ふしん》なものへの警戒心から、アリアは手を触れずに、もうしばらく目だけで調べてみることにした。

鞄の表面には、ラベルのような色とりどりの紙が貼《は》られたり、あるいは剝《は》がされたりしたあとが幾《いく》つも見られた。そこからは欧州各国の主要都市や有名ホテルの名がかすかに読みとれる。

つまり、この鞄の持ち主は、汽車や汽船を使って旅行し、ホテルなどにも宿泊しているということになる。

――そんなことするの、人間しかいない……。

アリアの全身に緊張が走る。

カラスの群れが運んできた、との当初の見解と矛盾するが、そちらはフンデルボッチの難解なジェスチャーから汲《く》みとったあやふやな推測だから、あてにならない。おかれていた鞄にカラスが群がっていただけとも考えられるのだ。

——ルイラムさんの、かな……。

しかし、それでは近隣の村落からなんの報告もなかったのが腑《ふ》に落ちない。ブラド卿の影響下にある村々は巧妙に配されており、なんぴとたりともそれらを避けてはオルレーユ城にたどりつけないようになっているのだ。法王庁《バチカン》との距離を考えてみても、ルイラムの到着はまだ早すぎる。荷物だけが先に届くというのも得心《とくしん》がいかない。

もはや、手がかりは中身にしかないように思われた。

アリアは散々ためらった挙げ句、

「他人の鞄の中身を詮索《せんさく》するなんて褒《ほ》められたことじゃないけど、お城の安全にかかわるかもしれないものね。留守を預かる者として知る必要があるわ。そう、仕方なしにやるのよ」

誰《だれ》にではなく、自分にそう言いきかせると思い切って鞄に手をかけた。

が、あかない。

鍵《かぎ》がかかっていた。アリアの力ではびくともしない。

「ふーん……なかなか挑戦的な鞄ね」

こうなると何がなんでも中身を見たくなったアリアは、

「フンデルボッチ、この鞄をロビーへ運んでちょうだい。それと物置部屋からありったけの工具を持ってきて。見てなさい、どんな手を使ってでも必ずこじあけてやるんだから！」

先ほどの建前を、みずから堂々と踏みにじるのであった。

2

ペンチにスパナ、ドライバにハンマー。

様々な工具がロビーの床に散らかっていた。

それらに取り囲まれるようにして、長い黒髪を振り乱したアリアが、すべての力を使い果たしてぐったりと床にへたりこんでいた。肩で息をしながら、手もとの四角い鞄《かばん》を恨めしく見つめている。

「どういうこと？……」

鞄をロビーに運びこんで以来、アリアはずっとその開錠《かいじょう》にかかりっきりだった。が、鞄は一向にあく気配を見せなかった。

しかし、アリアが首をかしげる理由は別のところにある。

ハンマーで表面をいくら叩《たた》こうが、ドライバで鍵穴《かぎあな》を何回ほじくろうが、鞄には一切の傷がつかないのであった。

正確には、一瞬だけ、傷がついたように見える。が、それはすぐに、まるで水面《みなも》に浮かんだ波紋のように波打って消えてしまうのである。あとに残るのは、もとからついていた傷や汚れだけであった。

このことからも、目の前の鞄が尋常《じんじょう》な代物《しろもの》でないことは明らかだった。アリアでさえも、こんな鞄を見たのは初めてである。

アリアはフォン・シュバルツェンの助けを借りることにした。

あの〈デュラハン〉は、普段こそ携帯してはいないが、一振りのみごとな大剣を所有しているのである。鞘《さや》や鍔《つば》には華美な宝飾がなされ、一度だけ見せてもらったその刀身は氷のように青く澄み、冷やかな輝きを放っていた。

アリアはそれをかなりの業物《わざもの》だとふんでいる。岩をバターのように斬《き》り、鋼《はがね》を紙のように裂くことができる名剣に違いない、と。

——あれなら、このふざけた鞄を三枚におろすことだってできるはずだわ！

しばらくすると、アリアの召喚《しょうかん》に応じた〈デュラハン〉が、玄関口から颯爽《さっそう》とその姿を現した。

年代を感じさせる古風な鎧《よろい》に全身をつつみ、左の小脇《こわき》に首をしっかりと抱《かか》えたフォン・シュバルツェンが、鉄の鎧を勇ましく響《ひび》かせて、つかつかとロビーに入ってくる。

「フォン・シュバルツェン、ただいま参上！　いかなるご用向きですかな、アリアどの？」

が、彼の風体《ふうてい》を目にした途端《とたん》、アリアは血相をかえて叫んだ。

「とまりなさいッ、フォン・シュバルツェン！」

アリアの絶叫に、〈デュラハン〉は片足をあげた体勢でぴたりと固まる。

「あ、アリアどの？……なにゆえ――」

「動かないで！　ダメよ、絶対にそれ以上、入ってこないで！」

「そんな……呼びだしておいて、そのお言葉はあまりにご無体《むたい》では――」

「入ってきたら承知しないから！」

フォン・シュバルツェンの不平をぴしゃりとさえぎったアリアは、〈デュラハン〉が動かないよう監視しながら、ゆっくりと慎重に立ちあがった。

「そこから一歩でも踏みだしてごらんなさい。そんなことしたら、あなたの首と胴体を縫いあわせちゃうわよ、いいわね！」

それが〈デュラハン〉にとってどれだけ居心地の悪い刑罰《けいばつ》かを、アリアは知っているのだった。

思惑《おもわく》どおり、フォン・シュバルツェンは小脇《こわき》に抱《かか》えた顔面を蒼白《そうはく》にして、動かぬことを誓約《せいやく》してくれた。

それでも、アリアはぎりぎりまでフォン・シュバルツェンを監視しながら後ずさりして、ロビーから廊下へ出ると踵《きびす》を返し、わき目も振らずに物置部屋まで走った。そこでモップとタオルをつかむとロビーへ取って返す。

「もおッ、ずぶ濡《ぬ》れじゃない！」

ロビーに舞い戻るなり、アリアはフォン・シュバルツェンにタオルを投げつけ、彼の足下《あしもと》でせっせとモップをしごいた。

「ほら、足どけて……違う、前はダメ、うしろにさがるの、そう……まったく、今朝、お掃除したばっかりなんだから、そんなナリで堂々と入ってこないでよね！」

玄関口からフォン・シュバルツェンの足下まで、水と泥とが床を点々と汚していたのである。彼の全身からも絶えず水がしたたり落ちていた。

「タオルで体をしっかり拭《ふ》いてちょうだい。でないと、これより先へは絶対に進ませないから！」

「これはしたりッ。そういうことでしたかァ」

事態をのみこんだ〈デュラハン〉は、面目なさそうに小脇の頭を掻《か》いた。

「いや、なに、セルルマーニどのと庭でダンスの稽古《けいこ》をしていたら、突然、雨のやつが降りだしてきましてなア……いやはや、あれには参りました、あ、は、は、は」

「何が、あはは、よ！」

アリアはモップをドンッと床に突き立てて、間抜けな笑声をとどろかせている同僚を睨《にら》みあげた。

「セルルマーニにお仕事をサボらせていたのはあなたなのね、まったく！」

誘うほうも悪いが、誘われてホイホイとついて行ってしまう〈ガーゴイル〉にも困ったものである。

「だいたい、あの子を相手にどうやってダンスを練習するのよ。あの子の背は、あなたの膝《ひざ》にだって届かないじゃない」

「いえ、ダンスの相手をしてもらっていたのではありませぬ。踊っているあいだ、それがしの首を持って――」

「ちょっと待って！」

突然、あることに思いあたったアリアは、自分でも意識せずに叫んでいた。叫んだあと、全身びしょ濡《ぬ》れの〈デュラハン〉を瞠目《どうもく》して見つめつつ、震《ふる》える小さな唇《くちびる》をゆっくり動かした。

「……降ってるの？……雨……」

「ええ、そりゃあ、もう、ザーザーと」

このナリを見ればわかるだろう、と言わんばかりにフォン・シュバルツェンが両腕をひろげて全身を披露《ひろう》する。

カラアアアン――。

モップの柄が床に触れ、乾いた音がロビーにこだました。

倒れたモップの側《そば》にアリアはいない。すでにテラスへと駆けだしている。

そして、あとに残されたフォン・シュバルツェンは、テラスから響《ひび》く、悲鳴にも似たアリアの絶叫を耳にした。

「洗濯物がああァァァ……」

どしゃ降りの雨のなか、干したままなのだった。

アリアの懸命な救助活動もむなしく、取りこんだシーツやベッドカバーは、そのすべてが大量の雨をふくんで重たくなっていた。

あの奇怪な鞄《かばん》にこだわるあまりに、アリアは天気の不安定なことをすっかり失念《しつねん》していたのだ。雨音にさえ気づかなかったのである。

すべてを手洗いからやり直さねばならない。いくら洗濯好きのアリアでも、これには心底へこまされた。濡れそぼった洗濯物の山に頭を突っこんで、懸命に涙をこらえる。

やがて、どうにか心を落ちつかせたアリアは、ずぶ濡れになったシーツを一枚、ずるずると引きずってロビーへ戻った。それをフォン・シュバルツェンの目の前に突きだして口を尖《とが》らせる。

「なんで教えてくれなかったのよ……」

「と、おっしゃられても……あんな危なげな空模様で、まさか外に干しているとは露《つゆ》ほども考えなかったものですから」

要するに、不安定な天気のなかで干したおまえが悪い、と言っているのだ。

その指摘にカチンときたアリアであるが、言っていることはもっともだから、ぐうの音《ね》も出ない。

「あの……ところで、用件はなんなのでしょうか？」

ふくれっ面《つら》のアリアに、呼びだされたフォン・シュバルツェンがおずおずと訊《たず》ねてくる。

いまのアリアにとって、もはや正体不明の鞄《かばん》など、どうでもよいことだった。問題なのは、大量の洗濯物をやりなおさねばならない、その一事である。

かくなるうえはフォン・シュバルツェンにも洗濯を手伝わせて気を晴らすしかないと、アリアは意地悪く決意した。

「お洗濯を手伝ってほしいの」

「それがしに、ですか？」

「そうよ」

「あ、は、は、ご冗談を。このフォン・シュバルツェン、首を斬《き》られて幾星霜《いくせいそう》、いまだかつて一度も洗濯などしたことがござらんのですぞ」

胸を反《そ》らせて自慢げに白状する〈デュラハン〉に、アリアはくるりと背を向けてそっけなく応じた。

「そ。じゃあ、いい機会だから教えてあげるわ。いらっしゃい」

が、アリアの背後からフォン・シュバルツェンがついてくる気配はない。

「わたし、いま、とっても機嫌《きげん》が悪いの。わかるでしょ？」

アリアが背を向けたまま冷やかにそう言うと、ようやく鎧《よろい》の音が気乗りしない様子で近づいてきた。


洗濯をおえた頃《ころ》には、雨は勢いを増し、風も強く吹きはじめ、外はすっかり嵐《あらし》の様相を呈していた。

朝から薄暗かった地上は、陽《ひ》が西に傾いて日没まぎわになると真夜中にもひとしい闇《やみ》にとざされ、ゴロゴロと大気を揺《ゆ》さぶる遠雷《えんらい》も徐々に音の間隔をせばめて迫りつつあった。裏手の海も掻《か》きまわされたように荒れ狂い、獣の咆哮《ほうこう》にも似た海鳴りをとどろかせている。

外の嵐同様、暗く荒々しく乱れていたアリアの心は、だが、洗濯をしているうちに平静を取り戻りし、作業の終盤には、鼻唄《はなうた》まじりで手もみ洗いをこなすほどの回復ぶりを見せていた。〈バンシー〉にとって、お洗濯はやっぱり楽しいのである。

けっきょく、不器用なフォン・シュバルツェンは大して役にたたなかったので早々に帰し、アリアがひとりで洗濯をやりなおした。洗いなおしたシーツやベッドカバーを方々の空き部屋に干してまわり、それでも干しきれずにあまった洗濯物は籠《かご》に詰め、それを抱《かか》えてロビーへ戻った。

そこでは、ロビーの一角に切られた大きな暖炉の前で、フォン・シュバルツェン、セルルマーニ、フンデルボッチの三人が輪になって床に座っていた。パチパチとはぜる暖炉の火を背景にして、三人が三人とも、その手に何枚もの四角いカードを扇形にひろげ、互いの手札を取ったり取られたりしてはしゃいでいる。

アリアはロビーの片隅《かたすみ》に紐《ひも》を張って洗濯物を干しながら、彼ら三人をちらちらと顧みた。

——何やってるんだろ。楽しそうだけど……。

気になってしょうがない。

ついに仕事の手をとめて彼らに歩みよった。

「ねエ、何してるの、楽しそうね?」

「おお、アリアどの。外が荒れているものですから出るに出られず、退屈しのぎにゲームをやっとったところなのです。どうです? アリアどのもご一緒に」

床におかれたフォン・シュバルツェンの首が、アリアを見あげつつ、そう誘ってくれた。

「ゲーム? へえ、おもしろそうね、やるわ。で、どんなゲームなの?」

フンデルボッチが無言のまま横にずれて場所を譲ってくれた。アリアはそこへ腰をおろして彼らの輪に加わる。

見ると、輪の真ん中には、たくさんのカードが捨てられて山をなしていた。そこから一枚を手に取ったアリアは、彼らが何をして遊んでいたのかを理解した。

「ああ、プレイング・カードね」

トランプとも呼称されるこのカードゲームは、長い時間のなかで絵柄や枚数の改変を幾度《いくど》も重ねて、十九世紀には完成された室内遊戯《ゆうぎ》としての地位を確立していた。当初は貴族の遊びにすぎなかったものが庶民のあいだにも広がって、その遊びかたを様々に増やしている。

「で、これで何をして遊ぶの？　ブリッジ？　それともポーカー？」

「違うよ違うよ。オールドメイドだよ」

アリアの問いに応じたのはセルルマーニである。足が短すぎて、フォン・シュバルツェンやフンデルボッチのように胡座《あぐら》をかけない〈ガーゴイル〉は、小さな両足を前へ投げだす恰好《かっこう》で床にちょこんと尻《しり》をつけていた。

「年老いた召使い《オールドメイド》？」

アリアには耳なれないゲーム名である。が、

「何それ、おもしろそうね！」

召使いという語に好感を持ったアリアだった。ゲームの内容は皆目《かいもく》見当もつかないが、召使いというネーミングからして、きっと家政の知識や経験が有利に働く素晴らしいゲームに違いない、と。

アリアは身を乗りだして〈ガーゴイル〉に詳しい説明を迫った。

「ご存じありませぬか、アリアどのは？」

回答を引き継いだのはフォン・シュバルツェンである。彼は全員からカードを回収し、中央の山も掻《か》き集めると、手際よくカードの束を切りはじめた。

「あらかじめ、四枚あるクイーンのうち一枚を束から抜いておきます」

〈デュラハン〉が適当に選んだのはダイヤのクイーンだった。

「残りはよく切って、伏せたまま、みなに配ります」

切りおえると、各人に一枚ずつ配っていく。

「さて、ご自分の手札を見てくだされ。同じ数字、または同じ絵柄のカードは、二枚を一組にして中央の場に捨てることができます」

アリアは三組のカードを捨てることができた。他《た》の者も何組かのカードを捨てている。

「ここからゲームがはじまります。まず、それがしの手札から、左隣のアリアどのが一枚カードを引きます。その結果、組ができたらここでも捨てられます」

アリアは、フォン・シュバルツェンが差しだしてきた扇形にひろがっている手札をジッと見つめた。が、手札は伏せられているので中身は見えない。

「どれでもいいの？」

「ええ、ご随意《ずいい》に」

考えてもしょうがないので適当に選びとるアリア。組はできなかった。

「今度はアリアどのがご自分の手札からフンデルボッチどのに一枚引かせます。これを時計まわりに繰り返し、最も早く自分の手札をすべて捨てることができた者が勝者、というわけです」

「ちょっと待って、おかしいわ」

ここまでの説明で感じとった矛盾を、アリアは口にした。

「二枚一組でないと捨てられないのなら、クイーンはどうなるの？　あらかじめ一枚抜いてあるから、三枚しかないクイーンは絶対に一枚あまるじゃない」

「そこがミソなのです」

床の上の首がニタリと笑った。

「要するに、あまったクイーンを最後まで持っていた者が負けなのですが、三枚のクイーンのうち、果たしてどのクイーンがあまるのかは誰《だれ》にもわからんのです。自分の手札にあるクイーンは組となって手札を減らせる可能性を秘めている、その一方で、いつまでも持っていると負ける要因になりかねない。組になるまで持っておくべきか、それともさっさと相手に取らせるべきか、取らせるにしてもどのように相手の指を誘導するのか、そのあたりの駆け引きとスリルを楽しむゲームなのです」

「ふーん、なるほどね」

説明のあいまにもゲームは着々と進行している。

と、ここでセルルマーニが二枚のカードを一組にして嬉々《きき》と捨てた。中央の場にひるがえったのはハートとクローバのクイーンだった。

「おお！　ということは、これでスペードのクイーンを持っている者が危険な状況になりましたなア」

フォン・シュバルツェンの解説にギクリとしながらも、アリアはもうひとつの疑問をぶつけてみた。

「ねえ、まだわからないことがあるんだけど」

「なんなりと」

「なんでオールドメイドなの？　名前が」

「美しい女王が三人もいると思ったら、最後のひとりは年老いた醜《みにくい》い召使いだった、というオチですなア、あ、は、は、は」

「何よそれッ。バカにしてるわ！」

「は？」

「なんで召使いを最後まで持ってると負けなのよ！」

「いや、なんで、と言われても……ゲームですから……」

「納得できないわッ。召使いにとって美醜《びしゅう》なんて関係ないもの！　肝心なのは、どれだけご主人さまにつくしているかよ！　このひとだって――」

アリアはまくしたてながら、自分の手札にあったスペードのクイーンを取りだして、みなに誇らしく披露《ひろう》した。

「もしかしたら立派な召使いかもしれないじゃない！　それを邪険《じゃけん》にするなんて、同業者として、わたし絶対に許せないわ！」

「あ……」

一斉に、アリア以外の三人が呆気《あっけ》に取られた。

アリアは、みずから「婆《ババ》」の所有者であることを宣言してしまったのである。

3

アリアは、三人になだめすかされてゲームをはじめてみたものの、一度たりともオールドメイドの勝者にはなれなかった。やはり、どうしても、手札にあるクイーンを捨てられないのである。もう一枚のクイーンがやってきて組になってくれれば万々歳なのだが、そんな幸運には恵まれず、けっきょくアリアのクイーンは最後まで一枚のまま残り、美しい女王から老いた召使いへと変貌《へんぼう》するのだった。

一度でいいから勝者になりたい。否《いな》、ならねばならなかった。召使いとしての意地と矜持《きょうじ》がアリアに「勝たなくてはッ！」という使命感を抱《いだ》かせていた。

他《た》の三人は、表情や態度から、明らかにオールドメイドに飽き気味であったが、そんなことはお構いなしにアリアはゲームの続行を強要した。

しかし、オールドメイド百五十六戦目のことである。

いまだに一度も勝者になれず、またしても手札にあるクイーンの処遇に頭を悩ませていたアリアの横で、不意に、フォン・シュバルツェンがカードをパラパラと落として立ちあがった。

床においていた自分の首を拾うのも忘れていない。

「ちょっと、何してるの？　勝ち逃げは許さないわよ」

アリアのなじる声もどこ吹く風。フォン・シュバルツェンは特定の方角を恍惚《こうこつ》とした表情で見つめている。

アリアは彼の視線を目で追った。

「あ、イルザリアさん。おはようございます」

そこには、空色のドレスをしっかり着こんだ、いつもとかわらぬ清楚《せいそ》な身なりの〈サキュバス〉がいた。

「ごめんなさい。あと少ししたら起こしに伺《うかが》うつもりだったんですけど……」

「ううん。いいのよ、アリアちゃん」

イルザリアはゆったりと微笑したのち、

「嵐《あらし》の音がこうもうるさくては、どのみち長くは眠っていられませんでしたわ」

風と雨とに叩《たた》かれてカタカタと震《ふる》える窓を見やって肩をすくめた。

「おはよ、おはよ」

ここぞとばかりに、セルルマーニがオールドメイドから逃《のが》れようとカードを投げすてて、よちよちと〈サキュバス〉の足下《あしもと》へ駆けよる。

「おはよう、セルルちゃん」

イルザリアは〈ガーゴイル〉を両手で抱《かか》えあげ、ぬいぐるみのように自分の胸もとへ抱きよせた。

それをフォン・シュバルツエンが羨《うらや》ましそうに眺めている。

「いま、紅茶をお持ちしますね」

アリアもカードを手放して立ちあがった。オールドメイドは勝つまで続けたかったが、相手がいないのだから続けようがないのである。

フォン・シュバルツエンはすっかり骨抜き状態だし、セルルマーニは、アリアの魔手《ましゅ》から逃れるにはそこが最も安全なのを承知しているのか、イルザリアの胸にぴったり抱きついて離れようとしない。フンデルボッチは勢いの衰えた暖炉の火を盛り返すために薪《まき》を取りにいってしまった。

「あら、この鞄《かばん》……」

紅茶を淹《い》れに台所へ向かおうとしたアリアの背後で、イルザリアがささやいた。

アリアが振り返ると、今朝、フンデルボッチが発見した四角い革張りの鞄を、彼女が興味ありげに見おろしていた。工具と一緒に、床の上に放置したままだった。

「それ、イルザリアさんの、じゃないですよね？」

アリアはイルザリアのもとまで取って返し、並んで四角い鞄《かばん》を見おろした。

「今朝、門前においてあったんですけど、誰《だれ》のかわからなくて困ってるんです。あけようにも鍵《かぎ》がかかってるみたいで……それに、この鞄、すっごく変なんですよ」

アリアは鞄の秘密を、言葉よりも行動で明かすことにした。

「見ててくださいね」

床に散らかしたままだったハンマーを拾うと、イルザリアに向かってニンマリと笑ってみせ、それから、おもむろに鞄めがけてハンマーを打ちおろした。

イルザリアの短い悲鳴と同時に、鞄の表面の、ハンマーで叩《たた》かれた箇所がボコッとへこむ。が、次の瞬間、鞄の表面が水面《みなも》のように波打って、アリアがつけたばかりの傷をたちまち修復してしまった。表面の波紋がおさまると、何ごともなかったかのように鞄は静かになる。

「ね？」

アリアは得意になってイルザリアを見た。原理はわからないが、これを発見したのは自分だという自負がある。壮大な手品でも披露《ひろう》したような、そんな爽快感《そうかいかん》があった。

「まあ……」

アリアの期待どおり、イルザリアは口に手をあてて目を丸くしていた。が、やがて、ぽつりとこぼす。

「これ、もしかしたら〈驚愕の箱《ミミック》〉ではないかしら？」

「みみ……く？」

ききなれない言葉にアリアは首をかしげる。

「なんですか、その、みみくうって？」

「〈ミミック〉ですわ……アリアちゃん、見たことありません？」

アリアが素直にうなずくと、イルザリアは抱いていたセルルマーニを床へおろし、鞄の留め具に白い手を伸ばした。そして、今度はイルザリアがアリアに向かって得意げに微笑《ほほえ》む。

「見てて」

そう言うなり、繊細な指で留め具をコチョコチョとくすぐりはじめた。

遠巻きにそれを見ていたフォン・シュバルツエンが、何を勘違いしているのか、息づかいを荒くして体をくねらせている。

変態〈デュラハン〉を無視して、アリアは言われたとおり鞄をジッと見つめた。これから何が起きるのか、わくわくして待つ。

すると、目の前の四角い鞄がブルブルと小刻みに震《ふる》えだしたではないか。

アリアは己《おのれ》の目を疑った。しきりに目をしばたたかせてから、もっと間近で観察しようと顔を近づけた、その途端《とたん》——。

「わッ」

突然、アリアの鼻先で、鞄《かばん》がガバッと勢いよくあいた。

それはまるで、イルザリアのくすぐりに耐え切れず、降参《こうさん》のしるしに口をあけたような、そんな生き物じみた反応だった。

アリアは胸に手をあてて驚きのあまりに高まった動悸《どうき》をおさえつつ、口をあけた二枚貝のようになっている四角い鞄をまじまじと見つめた。

「びっくりしたア……これ、生き物、なんですか？」

「ええ——」

イルザリアは鞄の持ち手を、口をあけたご褒美《ほうび》なのか、優しく指先で撫《な》でてやっていた。

「しゃべらないし、知能もないけれど、立派な生き物ですわ。持ち主の命令か、いまやったような方法でしか絶対に口をあけませんのよ」

これをきいて、アリアは全身の血の気がひくのを実感した。

「ど、どうしよう……わたし、いっぱい叩《たた》いたり、突っついたりしちゃった！」

生き物だと知らなかったとはいえ、いままで鞄にしてきた数々の所業《しょぎょう》を思い返しただけで、アリアは恐ろしくなった。得意げにハンマーで殴《なぐ》りつけもしたのである。

「心配はいりませんわ、アリアちゃん」

イルザリアが肩を揺《ゆ》らして上品に笑う。

「〈ミミック〉は外からの衝撃《しょうげき》にとっても強いの。先ほども見たように、どんな傷でも瞬時になおしてしまいますのよ。水のように衝撃を分散して、中身を守っているのね」

「なんだ、そっかァ……よかった」

アリアは心から安堵《あんど》した。それでも、せめてものお詫《わ》びのしるしにと、イルザリアを真似《まね》て鞄の持ち手を指先で撫でてやる。

「あ、でも、留め具をくすぐられたくらいであいちゃうなんて、なんだか無用心ですね。便利なんだか不便なんだか……」

「でも、それを知らない者は絶対にあけられませんわよ。ちょっと前までのアリアちゃんがそうだったように、ね？」

「なるほど……」

「〈ミミック〉の秘密を知っている人間ともなると数えるほどでしょうから、彼らの世界を旅する時は、携帯できる最良の金庫になってくれますわ」

「鞄の留め具をくすぐる人間なんていませんもんね」

「ええ。ですから、よほど大切な物を持ち歩く時に〈ミミック〉が使われますの」

「そっか！　ということはですよ――」

アリアはパチリと両手を打ち鳴らした。

「この鞄の持ち主は、やっぱり人間ではないってことですね？」

「そうね。しかも、わたくしたちと違って、この鞄《かばん》の持ち主は人間の社会にとけこんで暮らしているのもたしかですわ。そうでなければ〈ミミック〉を持ち歩く必要がありませんもの」

「発見者のフンデルボッチの話では――ジェスチャーでしたけど――たくさんのカラスが鞄に群がっていたそうです。たぶん、カラスたちが運んできたんですよ」

「まあ、カラスが？」

イルザリアは、線の細い顎《あご》に人差し指をあてて沈思《ちんし》する素振りを見せた。

彼女の思考がまとまるのを待っていると、不意に、アリアの足下《あしもと》でガサガサと紙の触れあう音がした。

見ると、セルルマーニが、あいた鞄の中身を勝手にいじくっているではないか。

「ひとさまの物を勝手にいじっちゃダメでしょ」

アリアはあわててかがみこみ、セルルマーニの手から紙の束を優しく取りあげた。

それらは、一枚一枚が、文字や数式で一面を黒く塗りつぶされたメモ用紙だった。走り書きされた文字がミミズのように紙面を這《は》っていて、アリアにはまったく判読できない。数式に至っては不可解な呪文《じゅもん》のようにさえ映る始末。

「なんなの、これ……」

アリアのなかで、鞄の中身への好奇心がふつふつとわいてきた。ためらわず、鞄のなかへ手を伸ばす。セルルマーニの非難がましい眼差《まなざ》しは平然と無視することにした。

驚いたことに、鞄のなかは書類だらけであった。黒いミミズや呪文に塗りつぶされたメモが次々と出てくるのだ。が、それらを根気よく払っていくと、やがて鞄の底にたどりつく。

「うわア……」

アリアは呆気《あっけ》に取られた。

鞄の底は、円柱形の小さな瓶《びん》でびっしりと埋められていたのだ。書類の山に隠れるようにして、口を上にした小瓶が整然と並べられており、瓶と瓶の隙間《すきま》には緩衝材《かんしょうざい》として古紙がぎゅうぎゅうに詰められていた。こうしてみると、おびただしい数の書類も小瓶を守るための緩衝材だったのかもしれない。

小瓶は、ぱっと見ただけでも五十本はくだらない数だった。

アリアはそのうちの一本を慎重につまみ取った。

瓶の高さはおよそ五センチ、丸い底の直径は二センチにも満たず、アリアの手のひらにすっかり収まってしまう。口はコルクでしっかりと栓がしてあり、なかは無色の液体で満たされていた。瓶の大きさから考えても、子供が一口で飲み干せてしまえる量である。

が、その液体は時おり、栓のされた容器のなかでポコッと小さく泡だつのだった。

中身がなんであるかを示すラベルは見あたらない。

しかし、アリアには、このての不気味な液体を以前にもどこかで見たような記憶があった。

——これって……。

アリアが記憶の糸をたぐりよせていると、

「アリアちゃん、もしかしたら——」

ここでようやく考えをまとめおえたイルザリアが、ささやくような声で自分の意見を口にした。

「この鞄《かばん》、トファニアさまのではないかしら?」

「ええ、実は——」

イルザリアの見解は、たぐりよせたアリアの記憶とも一致した。

「わたしもいま、そう思ったところなんです」

アリアは立ちあがると、その根拠となった小さな瓶を、緊張した面持《おもも》ちでイルザリアに差しだした。

「これ、きっと、トファナ水です」

4

その女の名をトファニアという。

齢《よわい》三百を軽くこえた〈魔女《ウイッチ》〉である。

魔女《まじょ》とは、特定の悪魔に師事することで魔女術《ウイッチクラフト》を身につけた者をいう。

もとは人間であるが、習得した魔女術《ウィッチクラフト》を行使するたびに彼女らの心身は非人間への変貌《へんぼう》を余儀なくされるのだった。

魔女術《ウィッチクラフト》の用途は個々人の欲望のままである。癒《いや》し、占い、予言といった手段で人間社会に寄与する者もあれば、施病《せびょう》、呪殺《じゅさつ》といった忌《い》まわしい術で他者の生命をおびやかす者もいる。

だが、いずれの場合においても魔女の力の根底にあるものは欲望である。もっぱら癒しや占いといった手段で人間に貢献《こうけん》している魔女でさえも、その動機の源《みなもと》になっているものは、人々に慕われ、敬《うやま》われたいと願う利己的な欲なのだった。

むろん、トファニアも例外ではない。例外どころか、彼女ほど強烈な欲望を持った魔女は他《ほか》にいなかった。

それでも当初、トファニアが抱《いだ》いていた願望はささやかで、純粋なものだった。それは、ひとたび女と生まれたからには誰《だれ》もがひとしく抱くであろう願い、つまり美である。

一五四三年のトファニアは、まだ人間の少女だった。裕福なヴェネチア商人のひとり娘だった彼女は、十四という若年《じゃくねん》ながらも近隣にその名を知られた美女でもあった。

しかし、生まれもった美貌《びぼう》に満足することのなかったトファニアは、

「もっと気高く！　もっと美しく！」

ひたすらそう願い、彼女が十六の時に急逝《きゅうせい》した親の遺産を受け継ぐと、それをすべて、ためらうことなく美の追求にのみ費やした。化粧をし、流行の衣裳《いしょう》をまとい、高価な宝玉を身に

着け、あらん限りの贅《ぜい》をつくして自分を美しく飾りたてた。

そんなたゆまぬ努力が実をむすび、トファニアは男たちの愛を独占することに成功する。彼女のまわりで愛をささやき、宝玉を貢《みつ》ぎ、結婚を迫る者は数しれなかった。ある時など、一国の王がトファニアの美貌《びぼう》をひと目見ようと、お忍びでわざわざ会いにきたほどである。

まさしく、トファニアは十六世紀の欧州社交界を代表する華であったのだ。望みはかなえられたのである。

が、時の流れという、人間にはおよそ太刀打ちできない自然の猛威が、彼女の栄光を無情にも蝕《むしば》みはじめた。

二十五をすぎたあたりから、男がひとり、またひとりと、トファニアのもとを去っていく。三十にさしかかると彼女は完全に孤立していた。

それでも充分に美しいはずなのだが、十代の頃《ころ》の全盛期と比せば衰えを否《いな》めない。過去が華やかすぎたためか、時の流れにおきざりにされたような寂寥感《せきりょうかん》が、いっそう惨《みじ》めだった。

さらに、この頃のトファニアは、それまでの美の追求に全財産を使い果たしていたために文無しだった。それゆえ裕福で、しかも若く、そこそこ美しい娘が現れれば、ツバメたちが迷わずそちらへ群がるのも無理からぬことと言えた。

わずかな希望を胸に秘めて社交場を訪れてみても、待っていたのは、男たちに無視されるという、心を切り裂かれるような現実。

絶望のふちに立たされたトファニアの目の前では、若い娘が男たちに囲まれチヤホヤされていた。その娘が、時おりトファニアを一瞥《いちべつ》する瞳《ひとみ》には、哀れみと、優位を誇る色がありありと見て取れるのだった。

トファニアの心のなかで、何かの箍《たが》がはずれた。

「憎い……老いが憎いいイイイッ！」

このトファニアの、断末魔《だんまつま》にも似た魂《たましい》の叫びを、ひとりの悪魔《あくま》が耳ざとくきいていた。

悪魔はささやく。

〝我に魂を、さすれば汝《なんじ》に永遠の美を〟と。

この申し出に、トファニアは一も二もなく飛びついた。言われるがまま悪魔と師弟の契《ちぎ》りを結び、その魂と肉体を魔道へと堕《お》としたのである。

師である悪魔にとって、トファニアは優秀な弟子であったに違いない。

わずか三年で魔女術《ウイッチクラフト》のすべてを習得した彼女は、魔女界《まじょ》にデビューを果たすと、かつて社交界でもそうしたように、並いるライバルを次々と蹴落《けお》として悪魔の寵愛《ちょうあい》を独占することに成功する。

暴風のように欧州を席巻《せっけん》した魔女狩りにも一度として捕まらなかったトファニアの存在は、同業者が火あぶりや水責めにあって次々と消えていくなかで、相対的に輝きを増していった。

気がつけば、魔女のあいだで絶大な権威を誇る十三姉妹《グランドシスターズ》のひとりに列せられるという、大出世を成し遂げていたのである。

十三姉妹《グランドシスターズ》とは、評議会《サバト》を主宰《しゅさい》し、指導者的な立場にある十三人の魔女《まじょ》の総称である。そこに名を連ねているということは、魔女も悪魔《あくま》も重きをおく存在であることの証《あかし》であった。

魔女としても高位をきわめたトファニアが真っ先に希求したものは、言うまでもなく永遠の、衰えることのない絶対の美であった。美への執念《しゅうねん》と欲望は、もはや人間だった時のそれとは比較にならないほど深く大きくなっており、どす黒い霧となって彼女の心に絶えず渦《うず》まいていた。

そんな魔女トファニアが最初に完成させた美薬《びやく》が「トファナ水」なのである。


「魔法のお薬とでも言いましょうか——」

アリアは、ふたり分のティーカップをのせた丸いテーブルに頬杖《ほおづえ》をつきながら、向かいのイルザリアにトファナ水の効能を話してきかせていた。

「お肌にとってもいいんですよ」

「まあ、お肌に？」

卓上の小瓶《こびん》を、イルザリアがウットリと眺めている。〈サキュバス〉といえども美肌効果という言葉には弱いようである。

「シミやソバカスのみならず、目もと、口もとの小じわまで、たちどころに消してしまうんですから」

「あら、ステキですわ」

アリアの、まるで行商人のような口上に、イルザリアは我慢できぬとばかりに身を乗りだしてきた。

「ぜひ一度、試してみたいものですわね」

そうささやくと、小瓶に白い手を伸ばしてくる。

「ところがどっこい、ご用心！」

一転して、アリアは表情と口調を険しくした。イルザリアの手がぴたりととまる。

「調子にのって使いすぎるとォ――」

「使いすぎると？」

「死んじゃいます」

「……………」

ダメじゃん、と言わんばかりの顔でイルザリアが見つめてくる。

「そうなんです。ダメなんです、トファナ水って……」

アリアは手をひらひらさせながら苦笑した。

「おばさまが言ってました。美薬《びゃく》としては失敗だ。でも、毒薬としてなら大成功だって」

「毒薬ですって?」

急に飛びだした穏やかではない言葉に、イルザリアは眉根《まゆね》をよせて不快感をあらわにした。

アリアも気持ちは同じである。困ったように肩をすくめて応じる。

「トファナ水には、ごく微量の毒素が含まれていて、これを肌に塗ろうが、服用しようが、使いつづけていると毒素が体内に蓄積し、やがてそれが致死量に達して命を貪《むさぼ》るそうなんです。予測しえなかった副作用だと、おばさまも嘆いてました」

「まあ……」

「しかも、その毒素はいまの医学では検出できないらしいんです。だから、おばさま、こうも言ってました。これを毒薬として人間たちに売りつければ、次の研究費がたんまり稼げるだろう。奴《やつ》らには密《ひそ》やかに殺したい相手が山といるだろうからね、イヒヒヒヒ……ですって」

「本当に予測していらっしゃらなかったのかしら……」

イルザリアの鋭い指摘に、

「うーん……」

アリアも苦笑するしかない。トファニアの性格からして、はなから美肌薬をよそおった毒薬のつもりで開発していた可能性が否《いな》めないのだ。

「と、とにかく、その毒素がわたしたちにも影響するのかはわかりませんけど、あのおばさまの作ったものですから、むやみに手を出さないほうがいいと思います」

「そう、ですわね……」

イルザリアは名残惜《なごりお》しそうにトファナ水を見つめたのち、ハアッと嘆息《たんそく》してから、小瓶《こびん》に伸ばしていた手を引き戻した。美肌への誘惑と、トファニアの異常性を秤《はかり》にかけた結果、おとなしく前者をあきらめたようである。

「あら？　でしたらトファニアさまはどうなさっているのかしら？　美を追求した結果としてのトファナ水は失敗なのでしょう？　どうやって美を保っていらっしゃるの？」

イルザリアの疑問はもっともだった。魔女《まじょ》といえども、人間のトファニアにとってトファナ水は毒のはずである。

「ホント、そうですよね……」

アリアもイルザリアと一緒になって首をかしげた。が、すぐにあることを思いだす。

「あ！　そういえば、おばさまからの一番あたらしいお便りに、トファナ水なんか使わなくても、若々しい美貌《びぼう》を永遠に保てる方法をついにあみだしたって、そんなようなことが書いてありました」

「それは、どんなものですの？」

「それが、詳しいことは何ひとつ……」

「そう……」

「でも、それも、もうじきわかりますよ、きっと」

荷が届いたということは、本人の到着も間《ま》もなくであるはず。アリアはウキウキしながら、自分たちが散らかしたトファニアの荷を〈ミミック〉の口のなかへ丁寧《ていねい》に戻しはじめた。

アリアはトファニアが大好きである。少々風がわりで、口の悪いところはあるものの、自分の美貌《びぼう》にかかわらないことであれば小さなことにはこだわらない、その豪放磊落《ごうほうらいらく》な人となりが、側《そば》にいてなんとも小気味よいのだ。

トファニアが訪れただけで、ブラド卿《きょう》のいかめしい雰囲気につつまれて暗く冷えきっていたオルレーユ城が、パッと火を灯《とも》したように明るく賑《にぎ》やかになるのである。

トファニアのほうでも、ブラド卿の僕《しもべ》のなかではアリアが一番のお気に入りであるようで、手紙をよこしては近況を訊《たず》ねて、じかに会っては孫のようにかわいがってくれていた。

「おまえは時の流れなどものともせず、かわいらしい少女のままだねぇエ。妬《ねた》ましい……じゃなかった、うらやましいったらありゃしないよ、まーったく、イヒヒヒヒ」

トファニアは、そう言いながら両目を異様にギラつかせて、アリアの頭を優しく撫《な》でてくれるのである。

「わたしにとっておばさまは、そうね、お母さんみたいな存在かな。おばさまだって、わたしを心から愛してくださっているに違いないわ」

アリアがこう言うと、同僚たちは決まって渋い顔をするのだが、なぜそんな顔をするのかアリアには皆目《かいもく》見当もつかない。

――ご主人さまの大切なご友人でもあるし、ちょっとかわったひとでもあるから、みんな気後れしちゃってるのかもね。

とにかく、アリアだけはトファニアを大歓迎していた。

――そうだ！　おばさまの大好きなお料理の下ごしらえ、いまのうちにやっとこっと！

カボチャヅくしのレシピを思い描いていると、ますます心が浮きたつアリアだった。

第四章　法王庁《バチカン》の刺客

1

それは、〈ミミック〉を城内に収容した翌朝のことだった。

嵐《あらし》は依然として猛威を振るっており、外は薄闇《うすやみ》につつまれていた。鎧戸《よろいど》を風がカタカタと鳴らし、そのすぐあとに猛烈《もうれつ》な勢いで雨が容赦《ようしゃ》なく打ちつけてくる。雷鳴がとどろくたびに鎧戸の隙間《すきま》から青白い閃光《せんこう》がほとばしり、城内に様々な形の影を投げかけていた。

突然、オルレーユ城の玄関口がひらいた。

重厚で、背の高い樫《かし》製の両開き扉が二枚とも、突風にあおられでもしたかのように勢いよく音を立ててひらいたのだった。よほど強い力に突き破られたのだろう、閂《かんぬき》に用いられていた太い角材が、真ん中からふたつにへし折られて床に散っていた。

この異変を真っ先に感知したのはアリアである。家の守護精霊《せいれい》たる〈バンシー〉は、家内で起こったものならば、どんなささいな変事にも鋭敏な反応を示せるのだ。無断で玄関口が破られたとなれば、それを感知しない〈バンシー〉など皆無《かいむ》である。

そんなことのないよう、普段は〈ガーゴイル〉を配置するのだが、吹き荒れる風雨のなかにセルルマーニを立たせておくのは、さすがのアリアにもためらわれたのだ。

幽体化《ゆうたいか》して宙にフワフワただよいながら眠っていたアリアは、ただちに実体化してロビーへ駆けおりた。

「何……なんなの？」

当初はトファニアの到着かと考えた。あの魔女《まじょ》なら人騒がせな登場も不思議ではない。過去にも、爆音と閃光につつまれて登場し、飛び散った火花でカーテンとタペストリーをダメにしてアリアを泣かせたことがあるのだ。

次にアリアが考えたのは〈クルセイダー〉たるルイラムの襲撃《しゅうげき》である。アリアの主人を敵視している彼ならば、力まかせの侵入も自然な行為といえた。

だが、ロビーへおりてきてアリアが目にしたものは、そのどちらの姿でもなかった。

まずアリアの目に飛びこんできたものは、玄関からロビーにまで飛ばされてきていた門の残骸《ざんがい》だった。ふたつに折れた角材の他《ほか》にも、細かな木屑《きくず》がたくさん飛散している。

掃除のしがいがありそうでウズウズする一方、床を汚された苛立《いらだ》ちに襲われる複雑な心境のアリアであった。

さらに、開け放たれた扉の向こうから吹きつけてくる木の葉や雨粒も、アリアが身もだえしそうなほど床を汚してくれていた。風がロビーのなかで駆けまわってタペストリーやカーテンを荒々しく舞いあげ、燭台《しょくだい》や花瓶といった調度品を薙《な》ぎ倒し、暖炉の火をたちまち吹き消してしまった。

このままではロビーの内装をメチャクチャにされかねない。まずは荒れ狂う風をどうにかしなければならなかった。

アリアは扉を閉めに駆けだした。逆巻《さかま》く風のなかで懸命に足を踏みだして玄関口をめざす。そこでようやく、その人物に気がついたのである。

黒い人影がひとつ、あけ放たれた玄関の戸口に立っていた。藍色《あいいろ》のローブに全身をくるみ、同じ色のフードを目深《まぶか》におろしているため容貌《ようぼう》は判然としない。時おりほとばしる稲光でわかるのは、その人物がアリアよりも少し背が高いという、漠然としたものだった。男か女か、子供か大人か、それすらもわからない。

「誰《だれ》……」

アリアは立ちどまり、風のなかで暴れる自分の長髪を片手でおさえつけながら、心持ち構えた。返答しだいでは、ただちにフォン・シュバルツエンを召喚《しょうかん》するつもりである。

が、アリアの誰何《すいか》は無視された。黒い影がゆらりと一歩を踏みだしてくる。

「とまりなさい！」

アリアは勇ましく叫んだ。嵐《あらし》の音に負けぬよう、声を張りあげる。

「ここはオルレーユ大公ブラド・ドラクルが居城《きょじょう》にて、許しなき者の侵《おか》してよい土地ではありません！　嵐に旅路をさえぎられ、風雨をしのげる宿りを求めてのことならば救済の手をさしのべなくもありません。でも、その前に、まずはあなたの正体を明かすのが礼儀というもの！」

しかし、人影は無言のまま、また一歩踏みだす。

「ちょっと！」

警告を無視されて腹をたてたアリアだが、黙然《もくねん》と肉迫する黒い影から奇妙な圧力を感じて、図らずもじりじりと後ずさりしてしまった。

先までの威勢はどこへやら、アリアの意気がたちまち萎縮《いしゅく》する。

「お願い、とまってッ……ください……」

「……」

「わ、わかりました。では、せめて、玄関の扉だけでも閉めていただけませんか？　か、風がひどくて、このままでは、あなたも、くつろげないんじゃないかしら……ね？」

この願いはきき入れられた。黒い影が億劫《おっくう》そうに右手を軽く振ると、二枚の樫《かし》の扉がひとりでに動いて戸口を閉ざしたのである。

たちまち風がやんだ。

「あ、ありがとうございました……」

まったく話の通じない相手ではなさそうだ。そうと知って安堵《あんど》するアリアの背後では、それまで風に巻きあげられていた木の葉や雨粒がボトボトと床に落ちていた。

——くううう……。

さっそく背後の掃除に取りかかりたいところであったが、片づけねばならない大きな問題が眼前にある。

「あのォ、さしつかえなければ、お名前だけでも……あ、お嫌でしたらいいんですよ、はい。ひとにはいろんな事情がありますもんね、うん……でも、なんてお呼びすればいいのかなァ……なんて思っちゃったりなんかしちゃったりして、あは、あは、あはははは……」

気の動転したアリアがフォン・シュバルツェンじみた間抜けな笑声をあげていると、

「あたしをお忘れかい、アリア？」

不意に、フードの奥から声がした。高く澄んだ、若々しい女の声である。

「へ？……」

覚えのない、というよりも、誰《だれ》だかわからぬ相手から名を呼ばれたアリアは、笑《え》みを凍りつかせて呆気《あっけ》に取られた。声にも馴染《なじ》みがない。

「あの……」

アリアが物問いたげな表情をつくると、相手はそっとフードに手をかけた。

固唾《かたず》をのむアリアの目前でフードがさらりとあげられる。

揺《ゆ》れるシャンデリアの灯火《ともしび》に照らしだされた顔は、人間の、若い女のものだった。年の頃《ころ》は十五、六といったところか。外見のみで判断するならばアリアよりも年上になる。

肩のあたりで短く切りととのえられた栗色《くりいろ》の髪のなかには、目鼻立ちのはっきりした美しい顔があった。やや吊《つ》りあがった、勝気にあふれたふたつの目が挑むようにまっすぐ見つめてくる。が、唇《くちびる》の左下に小さなホクロのある印象的な口もとが悪戯《いたずら》っぽい笑みをたたえていて、アリアを不快にしなかった。

まず美人と評してさしつかえない容貌《ようぼう》である。が、険《けん》の強さが仇《あだ》となり、相手によっては忌《き》避《ひ》される類《たぐい》の女であろう。イルザリアとは対極に位置する美女、アリアはそう断じた。

——でも、誰？

顔がわかったところで、なんの解決にもならなかったのである。

——ぜーんぜん、見覚えがないんだもん……。

それを口に出すと怒られそうだったので、アリアは無言のまま愛想《あいそ》笑《わら》いで間《ま》をつなぐことにした。

が、突然、目の前の少女が豪快《ごうかい》な笑声をロビーに響《ひび》かせた。

「わかるわけがないか！　イーッヒヒヒ、そりゃ、そうだわいなア」

そうこぼすと、ふたたび呵々《かか》大笑《たいしょう》する。

少女の声にも、顔にも覚えのないアリアは、しかし、その笑いかただけには、きき間違えようのないほど覚えがあった。

「そ、その不気味で、品のない笑いかたはッ……」

「そうさ、イヒ、あたしさね。十三姉妹《グランドシスターズ》がひとりにして、美と智をきわめし偉大な魔女《まじょ》トファニアさまだよ！」

みずからをトファニアだと名乗った短髪の少女は、どうだい、と言わんばかりに腰に手をあててアリアを見おろしていた。

「……おばさま、なの？」

アリアの問いに、少女は不敵な笑《え》みをたたえつつコックリうなずく。

「ホントに？」

アリアがいまひとつ信じられないでいると、少女は苛立《いらだ》たしげに息を吐きすてた。

「まーったく、疑り深いねエ、この娘《こ》は。いつからそんな女になっちまったんだい？　ま、もっとも、あの根暗《ねくら》なブラドの召使いなんざ何年もつづけてりゃ、嫌でもそうなっちまうもんかもしれないね！」

「………」

「いっそ、あいつの召使いなんかやめちまって、あたしんところへこないかい？　大きな実験をひかえていてね。忠実で有能な助手を雇おうかと考えてたところなのさ。いい女になれることも請けあうよ。どうだい、ん？」

短髪の少女は本気で誘っているようだった。

アリアは、ここでようやく目の前の少女をトファニアだと認識できた。その見目《みめ》はうら若くとも、彼女の表情や仕種《しぐさ》、言葉づかいがひどく老成《ろうせい》していた。そのうえ、口の悪さや愚痴《ぐち》りかたもアリアの記憶にあるトファニアそのままなのだ。

「おばさまァ！」

アリアはひしと抱きついた。

「これこれ、およしよ。前の体と違って、いまはあたしも子供《ガキ》なんだ。昔のようにあんたを抱っこなんて、できゃしないんだよ、イヒヒヒ」

それでもひとしきり抱きついたあと、アリアはトファニアの腕のなかで彼女を見あげつつ首をかしげた。

「でも、どうしてそんな姿に？」

「前に手紙で言ったろ？」

「……トファナ水のかわり？」

「その成果こそ、いま、あんたが目にしてるあたしさね」

「どういうこと？」

若返ったにしては顔立ちが違いすぎるのだ。まるで別人である。

「そう、別人さ」

トファニアは、アリアの心を見透《みす》かしたようなことを口にした。表情から読みとったのか、魔女術《ウイッチクラフト》によるものなのかはわからない。

トファニアが得意げに続ける。

「この体はね、もともとあたしのじゃないのさ。名前は……なんだったかね。確保したのは何年も前の話だから忘れちまったよ。ま、いまとなってはどうでもいいことだがね」

「まさか、おばさま、その体の持ち主を……」

恐ろしい想像に取りつかれたアリアが瞳《ひとみ》を潤《うる》ませると、

「ああ！　よしとくれ、アリア！」

トファニアは嘆かわしげにかぶりを振った。

「殺しちゃいないよ。乗っとっただけさ」

「……」

「なんだい、その顔は？　文句でもあんのかい？」

「い、いえ……」

「この娘《こ》の——」

と言いつつトファニアが自分の体を指し示す。

「魂《たましい》だって死んじゃいないんだよ。あたしと一緒に同居してるのさ。もっとも、しゃしゃりでてくるような真似《まね》はさせないがね。ふだんは深い眠りにつかせているから、ききわけのいい赤ん坊のようにおとなしいもんさ、イヒ」

「でも、どうしてその娘《こ》なんです？　あと五年もすりゃ、こいつはいい女になるよ、きっとね」

「そ、それだけ？」

「他《ほか》にどんな理由がいるんだい？」

「………」

逆に問われて、返す言葉の見つからないアリアだった。

そんなアリアを無視して、トファニアは揚々《ようよう》と解説する。

「いままでは魔女術《ウイッチクラフト》を駆使して、どうにか老いるスピードをゆるめてきたけどね、それだって限界がある。実際、三百年も使ってた体だ。いろいろとボロも出てくるさ。何より美しくなくてね！　だけど次々と体を乗りかえていけば、若くて美しい体を永遠に保てることに気がついたのさ！　どうだい、すごいだろ？」

その結論に至るまでに三百年もかかったのは、きっと、それまでは「自分の体」で若さと美《び》貌《ぼう》を取り戻すことに執着《しゅうちゃく》していたからなのだろう。

だが、それもかなわぬ望みだと悟るや否《いな》や、惜しみもせずにあっさりと「自分の体」を捨ててしまうあたり、トファニアらしいとアリアは思った。究極のところ、トファニアには若くて美しくさえあれば「自分の体」である必要などなかったのだ。

「さてと――」

トファニアが、ずぶ濡《ぬ》れのローブを脱いでそれをアリアに手わたし、雨水や木の葉で汚れきったロビーを他人《ひと》ごとのように平然と見わたした。

「あたしの荷が届いてるはずなんだがね。きてるかい？」

「あ、はい。四角い、革張りの〈ミミック〉ですね？」

「おや、〈ミミック〉だとわかったかね」

「ええ、イルザリアさんが教えてくれて……ごめんなさい、中身見てしまったの」

「かまわないよ。それより、あの〈サキュバス〉はまだ男を？」

「はい」

アリアは苦笑まじりに肩をすくめる。

「ちょっとはその気になったみたいなんですけどね」

「まーったく、あの美貌《びぼう》は宝の持ち腐《ぐさ》れだね！　あれが〈サキュバス〉でなく人間だったら、間違いなく、あれの体を乗っとってたところさね。口惜《くや》しいったらありゃしないよ！」

トファニアが忌々《いまいま》しそうに愚痴《ぐち》っていた。魔女術《ウイッチクラフト》も万能ではないようだ。

「腐った庭師や、ペンギンの置物も元気なのかい？」

「ええ、相かわらずです」

「そういや、手紙で新人が入ったって言ってたね」

「〈デュラハン〉のフォン・シュバルツェンです。あとで紹介しますね」

「素晴らしい！　〈デュラハン〉とは心強いじゃないかい。やっとブラドもまともなのを僕《しもべ》にしたね」

「そうでもなかったり……」

実物を知ったら失望するだろうことを請けあえるアリアだった。

「あの、ところで、おばさま？」

アリアは、〈ミミック〉を安置しておいたロビーの一角へ魔女《まじょ》を案内しながら訊《たず》ねた。

「今回、こちらへいらした目的は？」

「決まってんだろ。あんたたちを助けにきたのさ……おお、これだこれだ。よしよし、ご苦労だったね、ミッキーやあァ」

トファニアはアリアから受けとった四角い鞄《かばん》を、まるで愛玩《あいがん》動物でも抱いているかのように、猫なで声とともに腕のなかであやしはじめた。ミッキーとは〈ミミック〉の名前のようである。

が、そんなことよりも気になることがアリアにはあった。

「おばさま、わたしたちを助けるって、どういうこと？」

「あんた、あたしをからかってんのかい？」

一転して声を素に戻し、睨《にら》んでくるトファニア。

アリアはあわててかぶりを振った。

「まさか」

「ふん、ならいいけどね……ところで、ブラドはどこだい？　時間がないんだ。さっそく作戦を練りたいんだがね」

「ご主人さまなら、旅に出られました」

「なんだってッ！」

突然、トファニアが金切り声をあげた。十五、六の少女とは思えぬ、鬼気《きき》せまった凄《すさ》まじい形相《ぎょうそう》でアリアに詰めよってくる。

「逃げたのかいッ！」

「い、いいえ、お逃げになったんじゃなくて、お隠れに――」

「あんの腰抜けがあアアア！」

アリアの抗弁《こうべん》もむなしく、ブラド卿《きょう》の旅は逃避行《とうひこう》と認定されてしまったようである。

短髪の少女が、狂ったように地団駄《じだんだ》ふんで喚《わめ》き散らしていた。

「あるいはそうじゃないかと思ってたんだ！　だが、まさか、よもや、いくらなんでも本当に逃げちまっていたとはね！　昔からそうだ！　難問にブチ当たると奴《やつ》はきまって背を向ける！　そもそも迎撃《げいげき》の準備をさせるために使者まで出して警告してやったってのに、これじゃまるで奴に逃げろと言ってやったようなもんじゃないかッ。まーったく、自分のお人よしに笑っちまうよ！」

「で、でも、ご主人さまには何かお考えがあって――」

「はッ！　考えなんてあるもんかい。おまえたち僕《しもべ》をみーんな置き去りにして、自分ひとりで逃げちまったのさッ。それとも〈バンシー〉や〈サキュバス〉風情《ふぜい》が、あのルイラムをどうにかできると思ってんのかい？　はん！　それこそお笑い種《ぐさ》だよッ！」

半狂乱になってひとしきりまくし立てたトファニアは、しかし、そのすぐあと、肩を上下させて息をととのえながら自分の非を認めた。

「すまなかったね……あんたに当たったって詮《せん》ないのに……」

悄然《しょうぜん》とうなだれていたアリアの頭をそっと撫《な》でながら、ぽつりとこぼす。

「仕方がない。こうなりゃ、あたしらだけでやるしかないね」

「……やるって？」

アリアは嫌な予感がして、とっさに顔をあげた。

案の定、そこにはトファニアの悪魔《あくま》めいた笑《え》みがひらめいていた。

「決まってんだろ？」

左下にホクロのある印象的な唇《くちびる》を一端だけ吊《つ》りあげて、魔女は、地の底からわいてでたような低い声を響《ひび》かせる。

「ルイラムを殺《や》るのさ、イヒ」

2

トファニアは矢継《やつ》ぎ早《ばや》に指示を飛ばしてきた。

「ブラドの研究室を借りるよ。そこで寝泊りするから、あたしの部屋の用意はしなくていいからね」

「はあ……」

「食事《メシ》も掃除も洗濯も必要ない。そのかわり、あたしが良しと言うまで決して部屋に入ってくるんじゃないよ。実験を中断させられるほど腹だたしいものはないからね！」

「これから実験をするの？」

「そうだよ。あの憎たらしいルイラムを葬るための、素晴らしい兵器をこれから造んのさ。楽しみにしてな」

トファニアはほくそ笑み、胸に抱《かか》えた〈ミミック〉を自慢げにポンと叩《たた》いた。

それを見て、実験にはトファナ水が関係しているのだろうか、とアリアは小首をかしげた。

――そうでなきゃ、おばさまにとって用のないトファナ水を、わざわざ〈ミミック〉なんかに入れて持ってこないよね……。

そう思う一方で、ではトファナ水をどのように兵器として転用するのか、という疑問もある。

老人の域にある男のルイラムが美肌に興味を示すとはとうてい思えないし、飲食物に混入するにしても一度や二度の服用で毒としての効能があらわれる代物《しろもの》ではないのだ。

「このままでは使いやしないよ」

トファニアが、またしてもアリアの心を読みとったようなことを口にした。

「改良をほどこすのさ。その理論はすでに完成させてある。あとは実践あるのみさね」

「はあ」

「新たに生まれかわったトファナ水には、きっと、あんたも度肝《どぎも》を抜かすよ！　名づけて《後期生産型トファナ水（仮）》どうだい？　なかなかに工業的な響《ひび》きで、逞《たくま》しそうだろ？」

どのあたりを「前期」と定義しての「後期」なのか、また、（仮）ということは後に改名する可能性があるということなのか、いずれにしてもアリアにはさっぱりわからなかった。が、トファニアの並々ならぬ意気込みだけは伝わってくる。

「そいつさえ完成していれば、あの時だって、たかが人間のルイラムなんぞに後れはとらなかったんだよッ」

トファニアが悔しそうに舌打ちした。

トファニアは、パレルモでの攻防のことを言っているのだろう。地中海はシチリア島のパレルモにあるブラド卿《きょう》の別荘を管理していた彼女は、二週間前、そこでルイラムの奇襲《きしゅう》をうけ、ほうほうの体《てい》で逃げるしかなかったそうな。

そのことが、この気位の高い魔女《まじょ》の矜持《きょうじ》をどれほど傷つけたかは想像に難《かた》くない。

――ルイラムさん、とんでもないひとを怒らせちゃったなア……。

主人の天敵ながら、ルイラムの身の上が心配なアリアである。

が、他人の心配などしていられる立場にないことを、アリアは、次のトファニアの一言で思い知らされるのだった。

「まあ、いいさ。パレルモの屈辱《くつじょく》は、ここオルレーユで雪《すす》げるんだからね、イヒヒヒヒ」

「へ？」

アリアの心身が凍りついた瞬間である。

――う、ウソでしょおおおォォォ……。

キリキリとしめつけられるような頭痛をこらえながら、アリアは、わずかに頬《ほお》が引きつるのを自覚しつつ笑顔で提案した。

「な、何もここで戦う必要はないんじゃないかな、ね、おばさま？」

「何言ってんだい。住人でさえ迷いかねないほど広大で入り組んだこの城こそ、敵を迎え撃つのにうってつけの場所じゃないか。第一、くるなと言ったって、奴《やつ》のほうから好んで飛びこんでくるさ」

「ルイラムさんの目的はご主人さまでしょ？　そのご主人さまが不在と知れば、ルイラムさんはおとなしく帰ってくれるんじゃないかな？　あの方に、わたしたちと戦う気はないと思うの」

「奴《やつ》になくても、あたしのほうにたっぷりあるのさ」

トファニアはこともなげにそう言って話をしめくくると、実験室までの案内をアリアに促してきた。

「さ、急いどくれ」

「……こちらです」

議論の余地のまるでないことを知って、アリアはトファニアの前をとぼとぼと歩いた。が、持論を撤回《てっかい》したわけではない。主人の不在を正直に告げればルイラムには帰ってもらえると、頑《かたく》なに信じているアリアである。

肝心なのは、トファニアとルイラムをオルレーユ城内で鉢《はち》あわせにしてはならないということだった。是が非でもオルレーユ城に到着する前のルイラムと接触して、撤退《てったい》を説く必要がある。

トファニアを案内しながら、アリアはそのための手立てを頭のなかで巡らせていた。

トファニアがやってきて三日目の晩である。

嵐《あらし》はとうにすぎ去り、月に雲がゆったりとかかる静かで穏やかな夜だった。

三日がかりでロビーの掃除と整頓《せいとん》をおえたばかりのアリアのもとに、配下の村から待望の知らせがもたらされた。

コウモリから受けとった一枚の書状を読みおえたアリアは、雑巾《ぞうきん》を高々と放《ほう》り投げ、拳《こぶし》を握りしめて小さく叫んだ。

「かかったわね！」

ルイラムと思われる旅人が、結界《けっかい》を構成している村のひとつに滞在していることが判明したのである。

書状によれば、見慣れぬ老人が、一名の御者《ぎょしゃ》を伴って馬車でやってきたらしい。法王庁《バチカン》の所属を示すような紋章は馬車のどこにも見られないという。が、〈クルセイダー〉の任務が隠密《おんみつ》を旨《むね》とする以上、それは不思議なことではない。世間では、法王庁《バチカン》にそのような人員がいることと自体、知る者は少なかろう。

まったくの部外者とも考えられるが、それは、これからアリアがじかに確認すればわかることである。

「フォン・シュバルツエン……フォン・シュバルツエン！」

アリアはロビーで〈デュラハン〉を召喚《しょうかん》した。

「ここに」

ガチャリと鎧《よろい》を踏み鳴らす音が、階段の上方より響《ひび》く。見あげると、左の小脇《こわき》に首を抱《かか》えた堂々たる騎士がそこにたたずんでいた。アリアを見おろしながら悠然《ゆうぜん》と階段をおりてくる。

「カッコつけてないで、さっさとおりてきなさい！」

「……んもお、相かわらず無体《むたい》なおっしゃりようですなァ」

不平を鳴らしながらも、フォン・シュバルツェンは一段飛ばしで階段をくだり、小走りでアリアのもとへやってきた。

「で、ご用向きは？」

「あなたの馬を貸してほしいの」

「そう、それ」

「コシュタバワーを、ですか？」

「かまいませんが……どちらへ？」

「ふもとの村よ。ルイラムさんと思われる人がきてるみたいなの」

「ほお、いよいよですな」

「何がよ」

「あ、いえ……」

途端《とたん》に歯切れの悪くなった〈デュラハン〉を睨《にら》みすえながら、アリアはたしなめるように首を横に振った。

「いい？　絶対に、ぜーっったいに戦わないわよ！　わかってるわね？」

「心得ておりますとも」

「よろしい。では、いまから出かけてきますけど、くれぐれも、おばさまには内緒よ、いいわね？」

「御意《ぎょい》」

「じゃ、コシュ……なんとかって馬、貸して」

「コシュタバワーです。ここへきて半年……いい加減、覚えてやってくだされ」

フォン・シュバルツェンは庭に出ると、左脇《ひだりわき》の口に指をあてて、指笛を鋭く吹き鳴らした。

その音は、晴れた夜空に吸いこまれるようにして消えていく。が、訪れた静寂も束《つか》の間《ま》、今度は上空より、馬の蹄鉄《ていてつ》が石畳《いしだたみ》を打ち鳴らしているような軽快な音が近づいてきた。

星々の海原から忽然《こつぜん》と姿を現したのは、立派な体軀《たいく》をした一頭の馬だった。翼など一枚も持っていないのに、虚空を優雅《ゆうが》に蹴《け》って徐々に高度を落としてくる。

その馬は、たてがみも、蹄《ひづめ》も、体のすべてが夜の闇《やみ》よりも暗く、アリアには、星と星のあいだの暗黒から飛びだしてきたもののように見えた。光を吸収して闇そのものを発散させているかのような錯覚《さっかく》すら抱かせ、黒い馬などという次元ではなく、馬のような闇と言ったほうがより正確であるように思われた。

それゆえに、獣性《じゅうせい》を色濃くたたえた赤いふたつの目が、闇夜に浮かぶ鬼火《おにび》を連想させ、この馬をいっそう不気味な存在にしている。心の軟弱な人間であれば、その赤い瞳《ひとみ》を覗《のぞ》き見ただけで気死《きし》してしまうことだろう。

〈夢馬《ナイトメア》〉の一種である。これを一度でも目にした人間は、一生、夢のなかでその恐ろしげな姿と蹄《ひづめ》の音にうなされつづけるのだという。

目には見えぬ闇《やみ》の草原を疾駆《しっく》し、主人の声に呼応して高々といななきながら、〈デュラハン〉の黒い愛馬は地上へふわりと降りたった。

「どうッ　どうッ」

轡《くつわ》や鞍《くら》といった馬具を一切帯びていない愛馬の、長く波打つたてがみを、フォン・シュバルツエンが右手で軽くつかみよせた。

コシュタバワーは一度だけ大きく竿立《さおだ》ったが、すぐに前肢《まえあし》をおろし、鼻をブルルッと鳴らしただけで、あとはすっかりおとなしくなった。

「みごとだわ」

「馬の一頭も御《ぎょ》せぬようでは騎士はつとまりませぬからなア、あ、は、は、は」

「この馬《こ》の毛並みを褒《ほ》めたんだけど」

「……さようで」

落ちこんでる〈デュラハン〉へ、アリアは自分を馬の背に乗せるよう促した。

フォン・シュバルツエンが片膝《かたひざ》をつく。しゃがんだ彼の右肩にアリアはちょこんと腰をおろした。彼が立ちあがると馬の背がちょうどいい高さにくる。おかげで馬の背へ楽々と乗り移ることができた。

「ありがと」

馬上の人となったアリアは、今度はコシュタバワーの太い首に両腕をまわし、耳もとでそっとささやいた。

「お久しぶりね、コシュ」

他人の愛馬の名をアリアは勝手に省略した。不満でもあるかのようにコシュタバワーが短くいななく。

「ごめんね。いますぐには覚えられそうもないわ。だから今夜だけはコシュで我慢して」

コシュタバワーは不服そうに鼻を鳴らしたが、アリアを振り落とす気配は見せない。

「いい子ね。これからあなたはわたしの足になって、風のように空を駆けるのよ。ご褒美《ほうび》は、そうね……あなたの主人が何かくれるわ。帰ってきたら思う存分、おねだりしなさい」

コシュタバワーは嬉《うれ》しそうにいないた。

「じゃ、フォン・シュバルツェン、行ってくるわ。重ねて言うけど、おばさまには内緒よ。できるだけ早く帰るから」

「くれぐれもご用心を。相手はなんと言っても〈クルセイダー〉なのですからな。たとえ知己《ちき》であっても、です」

「言われなくてもわかってるわ。さ、コシュ、走るのよ、風よりも速く!」

アリアの号令ではなく、フォン・シュバルツェンに尻《しり》を叩《たた》かれたのを機に、コシュタバワーは高らかないななきとともに駆けだした。そこにコシュタバワーにしか見えない坂道でもあるのか、漆黒《しっこく》の馬はゆるやかに夜空へと駆けあがっていく。

アリアの眼下で〈デュラハン〉が見る見る小さくなっていった。アリアご自慢のオルレーユ城も、まるで玩具《おもちゃ》か置物のようである。

さえぎるもののない空を駆けることのできるコシュタバワーに跨《また が》っているのだ。道などという、障害物を避《よ》けて曲がりくねった煩《わずら》わしいものは利用せず、アリアは目的の村まで上空を直進することにした。

報告のあった村が視界に入ると、アリアは村の郊外の、人家のない林のなかにコシュタバワーを着地させた。

「いい？　おとなしく、ここで待つのよ」

馬上から滑りおり、黒い鼻面を優しく撫《な》でつけながら言いきかせると、アリアは単身、村へと向かった。村人がコシュタバワーを見たら恐慌《きょうこう》をきたすだろう。時はすでに深更《しんこう》で、出歩いている人間などいない時間ではあるが万一に備えなくてはならない。コシュタバワーをおいてきたのはそういう理由からだった。

村の代表者の家はすぐにわかった。他《た》の家よりも構えが立派なのである。村人を束ねている者への、ブラド卿《きょう》からのささやかな報酬《ほうしゅう》である。

家の窓には明かりが灯《とも》っていない。家人はすべて寝てしまっているものと思われた。

が、アリアはかまわず玄関口に立ち、

「お邪魔しまァす」

誰《だれ》にともなくそうささやくと、叩扉《こうひ》はおろか、ドアノブに手をかけることすらせず、全身を幽体化《ゆうたいか》して扉をすり抜け、なかに入って実体に戻した。

すぐにさがしあてた寝室では、中年の男女が仲良く並んでベッドに横たわっていた。この村の代表者夫妻である。穏やかな、規則正しい寝息をたてている。

アリアはベッドのわきに膝《ひざ》をつくと、男のほうの肩をそっと揺《ゆ》り動かした。

「起きなさい」

何度かアリアがささやくと、男は重たそうに目蓋《まぶた》を持ちあげた。が、その寝ぼけ眼《まなこ》はたちまち大きく見開かれ、安らぎに満ちていた寝顔は驚愕《きょうがく》の表情へと変貌《へんぼう》する。ふと目を覚ませば枕《まくら》もとに少女が立っていたのだ。当然の反応である。

しかし、男は出かかった悲鳴を喉《のど》の奥でどうにかのみ殺してくれたようだ。アリアの顔をまじまじと見つめ、やがて安堵《あんど》したような吐息《といき》とともにささやく。

「これは、アリアさま……」

顔を覚えていてくれたことにもアリアは満足した。ブラド卿と村の代表者とのやりとりは、すべてアリアを介して行われている。ゆえに、アリアと彼らとは互いに見知った間柄なのであった。

「お休みのところごめんなさい。でも許して。とても重要なことでお邪魔《じゃま》したの」

アリアはポケットにねじ込んでいた書状を取りだし、それをひろげて差しだした。

「この報告書は、あなたがくれたものよね？」

男は嫌な顔ひとつ見せず、妻の眠りを妨げぬよう、そっとベッドから抜けだしてくると書状を受けとり、それを窓辺の月明かりに照らして目を細めた。

「はい、間違いございません。ここに、わたくしめの署名がございます。内容にも覚えがございますので、たしかです」

「そう、ありがとう。で、その書状にある老人というのは、いま、どこの宿に？」

「いえ、もうこの村にはおりません」

「えッ……どういうこと？」

「日没とともにこの村を去り、お城へ向かいました……ですが、その旨《むね》も別の書状にしたためて、ご報告申しあげたはずですが」

「いいえ。そちらは受けとってないわ」

アリアは表情をこわばらせて、ゆっくりとかぶりを振った。今宵《こよい》のうちに村から受けとった書状は、いま男が窓辺で握っている一枚だけである。

「あるいは、アリアさまと入れ違いに――」

「そうね、それしか考えられない」

男に最後まで言わせず、アリアは言葉を重ねて同意を示した。

コシュタバワーに跨《また》がって空を飛んできたことが徒《あだ》となったようである。村からの続報はおろか、ルイラムとおぼしき人物とも行き違ってしまったのだ。

「ふたつめの書状もコウモリで？」

「はい。それが、あなたさまからのお言いつけですから」

「従順な奉仕に感謝するわ」

続報にはここで触れることができたので、そちらはもはや問題ではない。アリアが気がかりなのはもう一方の行方《ゆくえ》だった。

「例の老人は道を行ったのね？」

「さようです。一頭立ての二輪馬車でした」

「わかったわ。ありがとう」

踵《きびす》を返して去りかけたアリアの背に、男がおずおずと声をかけてきた。

「わたくしどもは、お役にたてましたでしょうか？」

振り向いたアリアは、男の怯《おび》えた眼差《まなざ》しとぶつかった。わざわざアリアが出向いてきたことに恐縮し、また、連絡に不手際のあったことをアリアが怒っているものと勘違いしているように思えた。

怒ってなど決してないのに、切迫した事態であるため終始、険しい顔つきで問い詰めたものだから、そのような誤解をあたえてしまったのだろう。我が身にかまけて他人への配慮を欠いたことに、アリアは申しわけない気持ちで胸をしめつけられた。

「あなたたちには、いつも助けられてばっかりだわ。ホントよ。何かお礼をしなくちゃね……そうだ！　近々あなたたちを夜会に招待するわ。日頃《ひごろ》の忠勤への感謝のしるしにね」

「わたくしどもを、お城にですか？」

「そうよ。奥さまも連れていらっしゃい」

「は、はいッ、是非とも」

男の顔に笑《え》みが浮かぶのを見て、アリアもいくらか慰《なぐさ》められた。

「それじゃ、行くわ。遅くにわるかったわね。夜明けはまだまだ先だから、ゆっくり休んでちょうだい。奥さまによろしく」

「お役にたてまして光栄でございます。ブラドさまにも、よろしくお伝えください」

感激して声を震《ふる》わす男に、

「ええ、きっと」

アリアは優しく微笑《ほほえ》みかけた。それから男のうやうやしい一礼を背に受けつつ、家へ入ったときと同様、幽体化《ゆうたいか》と実体化をくり返す。ただし帰りは急いでいたため、窓や扉といった人間の規範《きはん》にはとらわれず、壁をすり抜けて一直線に外へ出た。

待機していたコシュタバワーは、林の陰からアリアが姿を現すと、みずから四つ肢《あし》を折って背を低くした。

「飼い主に似ず、気がきくのね」

それでもアリアにとってはよじ登らねばならない高さであったが、コシュタバワーの気づかいには心から感謝する。

「さ、急いでお城へ戻りましょう。ただし、今度は地上の道に沿って駆けてちょうだい」

コシュタバワーは言われたとおり、地上を道なりに駆けた。

アリアの視界のなかで、草花や木々が尾を引いて後方へと流れていく。コシュタバワーは大地を蹴《け》っても速かったのだ。一日に千里を駆けぬけるというフォン・シュバルツェンの自慢も、あながち誇張ではなさそうだった。

ところが、その伝説的な駿足《しゅんそく》をもってしても、ついに老人の馬車には追いつけなかった。

——どういうこと？……。

道中、アリアは誰《だれ》とも出くわさなかったのである。いぶかるアリアの前方では、オルレーユ城の門が迫りつつあった。このままでは城に着いてしまう。

先ほどの村から城までは、いま駆けてきた一本道しかない。途中に分岐や交差はひとつもないのだ。心を呪縛《じゅばく》されている村人が虚偽の報告をしたとも考えられず、城門の姿が鮮明になっていくにつれて、アリアの不審と不安は肥大していった。

が、さらに城へ近づいたところで、その謎《なぞ》はあっけなく解けた。

――あちゃあア……。

なんのことはない。一頭立ての二輪馬車は、すでにオルレーユ城の門前にとめられていたのである。

3

コシュタバワーの背に跨《また》がって上空へと駆けあがったアリアは、そこからオルレーユ城の庭を俯瞰《ふかん》した。

黒い鉄の門扉《もんぴ》が、よほど強い力でねじ伏せられたのだろう、粘土細工のように形を歪《ゆが》めて地に伏されていた。門番の〈ガーゴイル〉は、あたりまえのように姿をくらましている。

城門を破壊した侵入者はふたり連れだった。

先頭を行くのは、頭髪をみごとなまでに白く染めあげた老人である。が、その足どりは矍《かく》鑠《しゃく》としており、背筋も鋼《はがね》のようにまっすぐ伸びていて、やましさというものを微塵《みじん》も感じさせない毅《き》然《ぜん》たる風体《ふうてい》であった。頭の色にあわせたわけではないのだろうが、純白のロングコートをはおっている。

いまひとりの人物は委細が知れない。頭の天辺《てっぺん》から爪先《つまさき》までを、ゆったりとした灰色のフードとローブでつつみ隠していたからだ。わかるのは、前を行く老人よりも体格がふたまわりは大きく、屈強そうな体軀《たいく》の持ち主である、ということのみ。踏みこむ一歩一歩が鈍重で、それでも老人に後れを取ることがないのは単に歩幅が広いからである。

報告にあった老人と御者《ぎょしゃ》の一行とは、まさしく彼らのことなのだろう。そして、オルレーユ城へ無断で突入してくるあたり、彼らこそが法王庁《バチカン》の放った〈クルセイダー〉であることは疑いようもなかった。

――ルイラムさん？……。

見おろすアリアの視線は、先頭の老人に釘《くぎ》づけになった。距離と夜陰《やいん》のため、相手の顔立ちや表情まではうかがいしれないが、老人の大地を踏みしめるその所作が、アリアの記憶にある人物と紛《まが》うことなく重なるのである。

五十年前のその人はまだ二十歳にも満たない若者で、この世の悪と不浄をいささかも許容できぬ、排他的な信念に瞳《ひとみ》を輝かせていた純真な聖職者だった。神の名を唱え、正義を祈り、白い光につつまれていたその青年の姿をアリアは昨日のことのように思いだせる。

時の流れは人間の外見を著しくかえてしまうというが、歩き方や後ろ姿に、往年の面影《おもかげ》を見て取ることはできる。眼下の老人がまさしくそうだった。アリアには、その老人がルイラムだと断定できる。

ルイラムと思《おぼ》しき白髪の老人は、背後に巨漢《きょかん》を従えながら、我が家の庭を行くがごとくオルレーユ城の庭園を闊歩《かっぽ》して、まっすぐ玄関口をめざしていた。

「セルルマーニとフンデルボッチは何やってるのよッ」

アリアは憤然《ふんぜん》として溜《た》め息《いき》をもらす。

部外者に、自分たちの聖域をこうも蹂躙《じゅうりん》されるとは情けない話であった。

「甘やかしすぎたわ。今後は週一くらいの頻度《ひんど》で、非常事態を想定した訓練ってものを実施する必要があるわね」

しかし〈ガーゴイル〉と〈リビングデッド〉のふたりではルイラムを下手《へた》に刺激しかねず、戦いにでも発展してはそれこそ目もあてられない。ここはやはり、当初の予定どおり、アリアみずからがルイラムと対峙《たいじ》するしかないようだった。

「おばさまはまだ気づいてない……急がなきゃ！」

魔女《まじょ》トファニアは、オルレーユ城へきて以来、地下にある実験室にこもりっきりである。彼女に察知される前に、ルイラムを穏便《おんびん》に退散させねばならなかった。

アリアはコシュタバワーに命じて高度をさげさせた。ルイラムの行く手をさえぎるように、ふわりと着地させる。

不意に空から舞い降りてきたコシュタバワーに、ルイラムはつと足をとめた。背後で身構えた巨漢《きょかん》を片手で制し、馬上のアリアを見あげて微笑《ほほえ》む。

「おお、アリアか……久しいのう」

「やっぱりルイラムさんだ。ご無沙汰《ぶさた》してます」

　アリアは馬の背から滑りおり、

「コシュ、ご苦労さま。行っていいわよ」

　尻《しり》を軽く叩《たた》いてコシュタバワーをさがらせた。

　ルイラムが、夜空へ駆け去るコシュタバワーとアリアを交互に見比べて、ぽつりとこぼす。

「これはおどろいた。いつから〈バンシー〉が〈ナイトメア〉を手なずけるようになったのかね」

「あ、違います。あれはわたしのじゃありません」

「ほお、では〈デュラハン〉でもおるのかの？」

「わあ、すごい！　あたりです」

　アリアはパチリと両手を打ち鳴らして、ルイラムの慧眼《けいがん》を讃《たた》えた。戦う意思のないアリアには、同僚の素性を隠しておく必要もなかった。

「さすがですね。あの〈ナイトメア〉を目《ま》の当《あ》たりにしても、まったく動じていらっしゃらないみたいだし」

「ホ、ホ……伊達《だて》に魔とわたりあってきてはおらんよ」

　孫に褒《ほ》められでもしたかのように、ルイラムはだらしなく相好《そうごう》を崩した。

　笑った時の無邪気な顔は五十年前のものとちっともかわっていない。アリアにはそう思えた。

顔中に走るしわを伸ばせば、そこに昔日《せきじつ》のルイラムを見ることができよう。

「でも、やっぱり、おかわりになりましたね。特にお顔なんか、おヒゲを生やされて」

「似合わんかね？」

照れくさそうに口のまわりの白い毛を撫《な》でるルイラムに、アリアはかぶりを振って応じた。

「いいえ、ステキにおなりだわ。渋くて知的な感じ」

「ホ、ホ。嬉《うれ》しいことを言ってくれる」

「でも、わたしは昔のルイラムさんのほうが好みかな」

「人間だからのう。これぱかりは仕方がない」

ルイラムが投げやりな調子で肩をすくめた。

「老いていくのが運命《さだめ》さ」

「……………」

「しかし、おまえさんは相変わらずだの。五十年前そのままの少女だ」

「〈バンシー〉ですから。これぱっかりは仕方ありません」

ルイラムを真似《まね》て冗談めかしたつもりのアリアだったが、見つめてくるルイラムの目はどこか悲しげである。

なぜだか、その視線がひどく居心地わるく、アリアはとっさに話題をかえた。

「引退なさったと、伺《うかが》っていましたけど？」

「ブラドがよろこんでおったじゃろ？」

「ええ、それはもう。文字どおり狂喜《きょう》乱舞しておられました、フフ」

その知らせを受けた時、ブラド卿はアリアの両手を取ってロビーをぐるぐると踊りまわったものである。その子供じみたよろこびようがおかしくて、いまだに思いだすと笑《え》みがこぼれてしまうアリアだった。

「でも、復職なさったときいて、とてもガッカリされていました」

「ガッカリじゃと？　ガクガクの間違いではないのか？」

ルイラムは、自分がブラド卿にあたえている影響というものを正確に心得ているようである。まさしく、アリアの主人はルイラムを忌《い》み嫌い、恐れすらしているのだった。

しかし召使いのアリアがそれを肯定してしまっては、主人たるブラド卿の立つ瀬がない。主人の名誉を守るためにも、悪戯《いたずら》っぽい笑みをひらめかすルイラムに、アリアは口を尖《とが》らせて抗《こう》弁《べん》しなくてはならなかった。

「ご主人さまはしっかりと対策を練っておられます。甘くみると痛い目を見ますよ？」

「それは警告かな？　それとも脅《おど》しておるのかな？」

「さあ、どうでしょ」

「よろしい。すべては城へ踏みこめばわかること。いざ尋常《じんじょう》に勝負とまいろう」

「望むところです……と言いたいところなんですが——」

アリアは、ここぞとばかりに眉《まゆ》をひそめ、申しわけなさそうに肩をすくめながら主人の不在を告げた。

「どうしても外せない大事な用がありまして、ただいまブラドは城を空けております。ごめんなさい、ルイラムさん」

「ふむ、ブラドはおらんのだな？」

「残念ながら」

「いつ戻る？」

「それが、そうとう長びきそうでして」

「それは重畳《ちょうじょう》。計画どおりじゃ」

「はい。せっかく遠くからおこしになられたのに、まことに——」

アリアの口からすらすらと流れていたお詫《わ》びの辞が、つと途絶える。

——いま、なんて？……。

アリアが瞠目《どうもく》して見つめる先には、ルイラムの勝ち誇ったような笑みがあった。いままで安《あん》穏《のん》と世間話に興じていた好々爺《こうこうや》の顔は、そこにない。

「あの、ルイラムさん？……いま、なんと——」

「アリアよ」

ルイラムは笑みを消すと、聖職者が魔《ま》と対峙《たいじ》した時にだけ見せる、冷厳《れいげん》な面差《おもざ》しでアリアを見おろした。

「わしの狙《ねら》いはブラドではないのだよ」

「……じゃあ？……」

「おまえだ、〈バンシー〉」

死の宣告にも似た冷やかな声がおわると、ルイラムの指がパチリと鳴った。

彼の背後で巨漢《きょかん》がゆらりと動き、前へと踏みだす。その身のこなしは見た目を裏切り軽やかだった。野太い腕が、アリアめがけて、草でも刈りとるように真横から迫る。

「！――」

アリアは幽体化《ゆうたいか》するのも忘れて、とっさに両腕をかかげて我が身をかばった。すぐにもくるであろう衝撃《しょうげき》に備えて全身をこわばらせる。

が、それはやってこなかった。

「？……」

顔の前で腕を交差させて固まったままのアリアの耳に、ルイラムの舌打ちが鳴る。

「なるほど。いい相棒を見つけたものだな、アリアよ」

「……え？」

おそるおそる腕をさげたアリアの眼前に、古風な鎧《よろい》の背があった。

「フォン・シュバルツェン？……」

〈デュラハン〉が、右手に握った蒼刃《あおば》の剣《つるぎ》で巨漢の拳《こぶし》をしのぎつつ、左の小脇《こわき》の顔面だけをアリアに向けて得意げに笑っていた。

「ようやく、それがしの本領をお見せできる時がきたようですなァ、あ、は、は、は」

間抜けな同僚の、こんなにも広く逞《たくま》しい背中を見たのは初めてのような気がするアリアだった。

「お怪我《けが》は？」

との同僚の気づかいが照れくさいアリアは、少々つっけんどんに答える。

「……ない」

「それは何より。ではこれより交戦に移りたく存ずる。お下知《げち》を！」

「戦うの？　ルイラムさんと……」

「この期《ご》におよんで何を……敵はその気ですぞ！」

「敵？……」

アリアが〈デュラハン〉の陰からわずかに顔を覗《のぞ》かせると、ルイラムの刺すような視線とぶつかった。ルイラムも巨漢の陰で両腕を組み、仁王立ちしてこちらを凝視している。その面差《おもざ》しは決して穏やかとはいえない。

と、ここで、〈デュラハン〉と巨漢の、剣と拳の拮抗《きっこう》がにわかに崩れた。

巨漢のほうから拳を引いたのである。が、それは戦いの幕引きではなく、新たな局面のはじまりにすぎなかった。巨漢のかたわらにルイラムが立ち、何やら小声でささやきかけている。巨漢《きょかん》はそれをおとなしくきき入っている様子だ。

「あやつ、人間ではありませぬ」

フォン・シュバルツェンが、巨漢に向かって用心深く身構えながら報告してくる。

「アリアどのもお気づきでしょう。生気がまったく感じられんのです。それに、それがしの剣《つるぎ》をしのいだ奴《やつ》の手も、人のものではありませんでした」

「じゃあ、なんだというのよ」

「おそらくは、〈人造人間《ホムンクルス》〉」

「まさかッ」

アリアは声をあらげて反駁《はんばく》した。

「魔女《まじょ》のおばさまならともかく、ルイラムさんは聖職者なのよ。その彼が〈ホムンクルス〉を使役《しえき》すると思う? 造ることすら法王庁《バチカン》が認めるもんですか! 彼らにとって生命への人為的介在は神への冒瀆《ぼうとく》なのよ」

「では、なんだとお思いで?」

「わからない。わからないけど……」

人間でないという一点は、アリアも認めざるをえない。先ほどの身のこなしは人間の身体能力を超えている。体格がいいだけの、単なる御者《ぎょしゃ》でないことは明らかなのだ。

だが、アリアの懸念《けねん》は巨漢の正体がなんであるかではなく、

――あんな乱暴者にロビーへ入ってこられたら、何を壊されるかわかったもんじゃないわッ。

という家内の安全だった。戦うことに戸惑いのあるアリアでも、何をされたくないかは明白だった。

「いいわ。戦いを許可します」

アリアは厳《おごそ》かに命じた。

「あのデッカイ人が城内に侵入するのを阻止しなさい」

「承知ッ！」

我が意を得たりと言わんばかりにフォン・シュバルツェンが叫んだ。その勇ましい咆哮《ほうこう》とともに彼の剣《つるぎ》が光を放ちはじめる。持ち主の戦意に呼応しているのか、冴《さ》え冴《ざ》えとした青い光で刀身をつつみこむ。

「首を落とされ、墓標《ぼひょう》より我が名を削られ幾星霜《いくせいそう》、その屈辱《くつじょく》と悲しみをこの剣にこめて、いざッ、参らん！」

「やれやれ――」

巨漢との内緒話をおえたルイラムが、白いヒゲを撫《な》でつけながらぼやいた。

「この歳《とし》で〈デュラハン〉とやりあうことになろうとはのう。若かりし頃《ころ》ならいざしらず、老体にはちとこたえる相手だわい。こいつを連れてきて正解だったといったところか……それッ」

ルイラムの手が、まるで新製品をお披露目《ひろめ》する除幕式のように、巨漢《きょかん》のローブとフードを豪快にまくった。隠されていた巨漢の容姿があらわになる。

それを見た時、アリアは、美術館や博物館にある塑像《そぞう》を思い出した。人間の、それも屈強な体つきの男性の全身を忠実に模した、あの石膏《せっこう》の立像である。その多くは英雄の偉業を讃《たた》えたり、躍動的な肉体美を愛《め》でたりするために創造されたものだときいているが、いまアリアが目《ま》の当《あ》たりにしているものも、それに酷似《こくじ》していた。

隆々《りゅうりゅう》と盛りあがった筋肉が体の各処《かくしょ》を鎧《よろ》っていて、裸であることを感じさせない重厚な印象を見る者にあたえる。それでいて芸術的な曲線を損なっておらず、まさしく塑像そのものが命を吹きこまれて動いていると言っても過言ではなかった。

が、一糸まとわぬ赤裸々な姿がアリアを悩ませる。

——もおッ。股間《こかん》くらい何かで隠してほしかったわ！

顔に片手をあてて呆《あき》れながらも、指のあいだからしっかり覗《のぞ》いているアリアだった。

「おのれッ。婦女子の前で堂々と裸をさらすとは！」

〈デュラハン〉が、騎士道精神に目覚めたようなことを口にした。

「同じ男として恥ずかしくもうらやましいぞ！　許さん、このフォン・シュバルツェンが成敗《せいばい》してくれる。覚悟せよ、破廉恥漢《はれんちかん》め！」

微妙に変態的な欲望を垣間見《かいまみ》せてはいたが、ともかく、フォン・シュバルツェンは闘志むきだして、じりじりと彼我《ひが》の距離を詰めていった。

——変態同士の戦いだわ……。

嘆くアリアの目の前で、いま、剣《つるぎ》と拳《こぶし》、マゾと露出狂《ろしゅつきょう》の壮絶な戦いが幕をあけたのである。

4

しかし、悠長《ゆうちょう》に見物を決めこんでいる余裕はアリアにあたえられなかった。

「あれは〈異端者《ゴーレム》〉というてな」

ルイラムが、白いロングコートを揺《ゆ》らめかして歩みよってくる。彼の右手の親指は、フォン・シュバルツエンと激闘を演じている裸の巨漢を指し示していた。

「太古の昔に、異教の神官が兵士や奴隷《どれい》のかわりとして生みだしたものだ。精巧なものでは人間と見わけることもできないという」

「……………」

「〈ホムンクルス〉とは異なり生き物ではない。思考もしなければ、うめき声ひとつもらしもせん。が、人に似せた造形物を思いのまま操ることから神を真似《まね》る暴挙とされ、法王庁《バチカン》では使《し》役《えき》することはおろか、造ることすら禁忌《きんき》とされている」

「そんなもの、どうしてルイラムさんが？……あなたは法王庁《バチカン》の聖職者のはず！」

後ずさりしながらも、アリアは責めるように問うた。かつては、アリアですら感心するほど神の教えと法王庁《バチカン》に従順だったルイラムなのだ。その彼が、ここにきて禁を破る道理がまるで解《げ》せない。

ルイラムは歩みをとめることなく、悲しげにかぶりを振った。

「言ったであろう、アリア。人は老いるのだよ。かわり果てるのは何も肉体だけではない。心もまた然《しか》り」

「信仰を、すてたの？」

「いまのわしには、神の教えに先んじて守らねばならぬものがあるのだ」

「……どういうこと？」

アリアの問いかけに返答はなかった。ただ、アリアへと注がれるルイラムの眼差《まなざ》しは痛いほど真に迫っていた。それに圧倒されてアリアはよろめきながら後退するのみ。

と、不意にルイラムが白いヒゲをモソモソと動かし、何やらつぶやきはじめた。

「え？　なんですか？」

よくききとれず、後ずさりながらもルイラムの声に耳を傾けたアリアは、その刹那《せつな》、自分のとった行動を悔いた。

体がピリピリと痺《しび》れだす。

その異変を感じてようやくアリアは、眼前の聖職者が不浄討伐《クルセイド》を開始したのだと悟った。よく見れば、ルイラムの手は、首からさげた銀製の聖印《クロス》を握りしめていた。彼が口走っているのは退魔の祈禱《エクソシズム》である。

あわてて幽体《ゆうたい》へ戻ろうとするアリアだが、その意に反して、全身は実体をともなったままだった。

——そんなッ……。

愕然《がくぜん》とルイラムを見あげると、彼は白ヒゲの奥で祈りをつぶやきながらも、アリアに向かって小さくかぶりを振っていた。哀れみのこもった面差《おもざ》しが、あらゆる抵抗の無駄《むだ》なことを告げている。

やがて、アリアの全身から感覚が抜けおち、身動きひとつ取れなくなった。首から下が自分のものではないような違和感を抱《いだ》く。

祈禱《きとう》の第一節を唱えおえたルイラムが、その効果に満足したように大きくうなずいた。

「動けまい。おまえの幽体そのものを縛っておるからの。続く第二節で目や鼻、口といった知覚を奪い、残る第三節で意識そのものを砕いて浄化《じょうか》は完了する」

「！………」

「しかし、こたびはここまでとしよう。浄化や封印が目的ではないからの」

「え？……」

アリアの驚く顔を、ルイラムが小気味よさそうに眺めている。

小バカにしたようなその態度が勘にさわるが、いまのアリアには抗する術《すべ》がない。震《ふる》える声で相手の真意を質《ただ》すのが精一杯だった。

「あ、あなたの目的は、いったい、なんなの？」

「〈バンシー〉の真髄《しんずい》を見せてもらいにきた」

「わたしの？……真髄？……」

「おまえの乳房を吸いにきたのだよ」

――

――

――

「へ？」

ゆっくり三秒ほどの間《ま》をおいて、ようやく示せたアリアの反応がそれだった。

「あ……あは、あは、あははは……」

次いでこみあげてきたのは乾いた笑いである。

「またまたア、んもお、こーんな状況で下品な冗談はよしてくださ――」

が、見あげたルイラムの顔は怖いほど真剣だった。

「じ……冗談、ですよ、ね？」

笑《え》みを凍りつかせながら、か細い声を絞りだすアリアに、ルイラムは照れもせず、笑いもせずに応じてくる。

「こんなこと、冗談で言えば犯罪じゃ」

「本気のほうが犯罪ですッ！」

「嫌がる気持ちはようわかる。どうせなら、わしのようなむさ苦しいジジイではなく、若くて美しい青年に吸ってもらいたいところであろうが――」

「そんな問題じゃありませんッ！」

「だがな、アリア。乳房とは、おそかれはやかれ誰《だれ》かに吸われるものなのだよ」

「どういう諭《さと》しかたですかッ！」

「どうせ吸われるのなら、より深刻な悩みを抱《かか》えた者に吸われるのが〈バンシー〉の本懐《ほんかい》というものであろう？　わしがまさしくそうなのじゃ！」

――だ、ダメだ……ぜんっっっぜん話がかみあわない……。

何か異様な熱意に駆られて会話を先走るルイラムから、アリアはたしかな狂気を見いだしていた。と同時に、清純で、信心深かったかつてのルイラムを知っているだけに、卑《ひ》猥《わい》な内容を平然と口走っているいまの彼に失望を禁じえない。やはり人間とは、長い年月を経《へ》ると心身に極度の変貌《へんぼう》をきたす生き物なのだと、いまさらながらに思い知らされたアリアだった。

「さあ、観念しておくれ、アリア」

ルイラムが、身動きの取れないアリアの胸に、すうっと右手を伸ばしてくる。

「ま、待って、ルイラムさんッ」

アリアは必死に声を張りあげた。

「あなたは神に仕える身でしょ？　そんなあなたがいましようとしていることを、神はお許しになると思いますか！」

ルイラムの手がピタリととまる。

──こ、これだッ！

アリアは相手の信仰心に訴える戦法に出た。

「そうよッ。あなたの神は、いままさにこの状況をご覧になっているはずだわ。ね？　お願いだからバカな真似《まね》はやめてください。でないと天罰がくだりますッ！」

するとルイラムは天を仰ぎ、顔の前で十字を切ってから、もっともらしく言った。

「主《しゅ》はすべてをわかっておいでだ。ならば、これからわしのすることにも目をつむってくださるだろうよ」

──な、何よ、その都合のいい解釈は……。

アリアの説得は徒労《とろう》におわった。

ルイラムのしわだらけの手がアリアの小さな胸に肉迫する。指がモミモミと動いていて、見るからになんとも嫌らしい。

「フォン・シュバルツェン、こっちよッ、助けて！」

ところが〈デュラハン〉は裸の巨漢《きょかん》との戦いにすっかり熱中していて、アリアの窮地《きゅうち》に気づいてすらいない様子。こうなると、トファニアに黙っていたことが悔やまれる。

――い、嫌ッ、こないで……あっちいけ、ふううウ、ふううウ。

口を尖《とが》らせてフーフー息を吹きかけてみても、もちろんルイラムの手は吹き飛ばされたりしない。アリアの目に涙がにじむ。

――うう……ご主人さまああッ！

と、その時、アリアの足下《あしもと》でモゾモゾと動くものがあった。

ルイラムもその異変を察知したようで、彼はサッと後方へ飛《と》び退《の》いてアリアから離れた。ルイラムの破廉恥《はれんち》行為は未遂におわり、それを惜しむような舌打ちが本人の口からもれる。

「ちッ……ブラドの奴《やつ》、まだ何か飼っておるのか」

アリアの足下の土がモコッと盛りあがる。と、盛りあがった土がルイラムめがけて一直線に走った。足下までくると、突然、土中から勢いよく人影が躍《おど》りでる。その人影が、不意をつかれてのけぞるルイラムの胸もとに腐《くさ》りかけた右手を伸ばし、月光にきらめく聖印《クロス》をむしり取った。

「おのれッ」

「フンデルボッチ！」

ルイラムとアリアが、互いに異なる感慨《かんがい》を乗せて同時に叫んだ。

聖印《クロス》を手放したことでルイラムの祈りが効力を失う。

たちまち呪縛《じゅばく》が解け、アリアは体の自由を取り戻した。

「ナイス！　みごとよ！　ステキだわ！」

思いあたるだけの讃辞《さんじ》をおくるアリアに、フンデルボッチが玄関口を指差して城内へ逃げるよう促してくる。

「わかったわ。あなたも早く土のなかへ！」

白い仮面がコックリうなずく。

〈リビングデッド〉は全身をドリルのように回転させて土中へもぐりはじめた。が、その途中で彼の右手が赤く発光しだす。

「なんなの？……」

いぶかるアリアの眼前で、フンデルボッチが潜行《せんこう》を中断し、光る右手首をつかんで身をよじらせた。

白い仮面は表情を隠したままだが、アリアには、フンデルボッチが声にならぬ悲鳴をあげて苦しんでいるように思えた。ふと見ると、ルイラムが白ヒゲをモソモソと動かして何やら口走っているではないか。

「聖印《クロス》だわ……フンデルボッチ、その聖印《クロス》をすぐ捨てなさいッ、早く！」

言われたとおりフンデルボッチは右手をひらくが、聖印《クロス》は手のひらに張りついていて落ちない。やがて、そこから黒い煙が立ちのぼりはじめた。

「焼かれちゃう……急いで！」

フンデルボッチが激しく右手を振っていると、
ボトッ——。

手首からもげ落ちた。

「こ、この際ラッキーよ！」

アリアの慰《なぐさ》めにフンデルボッチはうなずいて、右手を捨てたまま潜行《せんこう》を再開する。

庭師が土中へ逃げこんだのを見とどけてから、アリアもすぐに幽体化《ゆうたいか》した。全身がみるみる透過《とうか》していき、やがてあたりの景色にとけこむ。が、幽体となっても安心できるものではなかった。

黒焦げになって落ちているフンデルボッチの右手から、ルイラムが聖印《クロス》を回収していた。彼ほどの〈クルセイダー〉ともなると聖印《クロス》さえ手もとにあれば、幽体を目で追うことはできなくても存在を感じとり、神の力を借りて実体化を強制できるのである。

——とにかく、距離を取らなくちゃ。

アリアは幽体化した体をひるがえし、重厚な樫《かし》の扉をすり抜けて城内へ逃げこんだ。

5

扉を抜けてすぐ、アリアは実体に戻った。それからすぐに振り返り、扉に閂《かんぬき》がしてあるのを目でたしかめる。

トファニアの破壊的な登場で折られた閂は、フンデルボッチが見つけてきた丸太で代用している。それがしっかりかけられているのを見て、アリアはとりあえず安堵《あんど》した。

人間の力で、この閂のかかった重厚な扉を打ち破るのは容易ではないだろう。ルイラムならどうにかして突破してくるだろうが、それにしたって幾《いく》ばくかの時間を要するはずである。

——そのあいだに、何か対策を……。

なんとはなしにロビーを見わたして、アリアはセルルマーニの姿を見つけた。〈ガーゴイル〉は火の絶えた暖炉のなかで縮こまり、丸い体を小刻みに震《ふる》わせていた。

「そんなところにいたのね……おいで」

アリアが両手をさしのべると、丸いペンギンはよちよちと走りよってきた。

「アリアちゃん、アリアちゃん……ごめんよ、ボク、ボク……」

「謝らなくていいわ、セルルマーニ」

アリアは膝《ひざ》をつき、うろたえている〈ガーゴイル〉を優しく胸に抱きよせた。

「怖かったでしょ？　ごめんね。謝らなくちゃいけないのはわたしのほうだわ。ルイラムさんがきても大丈夫だなんて言っといて、このザマよ……」

「でもでも、あの人たちの狙《ねら》いはご主人さまなんでしょ？　いないって、ちゃんと説明した？」

「したわ」

「なのに、大丈夫じゃないの？」

「なんか、わたしみたいなの、狙いは……あははは」

引きつった笑《え》みを浮かべるアリアを、セルルマーニが不思議そうに見つめてくる。

「なんでなんで？　なんでアリアちゃんが狙われるの？　なんか悪いことしたの？」

「さ、さあ……わたしにも、心当たりが、まるでないのよ……」

アリアは腕のなかの〈ガーゴイル〉から目をそらした。

――わたしの胸を吸いにきただなんて……言えるわけないじゃないッ。

何よりアリア自身が、そんなこと信じられずにいるのだ。

それにしても、とアリアは考えこむ。歳《とし》を取ったからというには、ルイラムの言動はあまりに異常なのだった。人間の少女ではなくて〈バンシー〉のアリアを襲うあたり、幼女趣味に目覚めたとも考えにくく、他《ほか》に特別な理由があるように思えてならない。

――〈バンシー〉の真髄《しんずい》……。

アリアはルイラムの言葉を思い返して首をひねった。いまだ自覚していない力が、自分のなかに眠っているとでもいうのだろうか。

――あるいは、ルイラムさんがとんでもない思い違いをしているか、だわ……。

「アリアちゃん、いったい何ごとですの？」

不意に、ゆったりとした美声が、それでも緊張の色をはらんで、ロビーの一角から響《ひび》いてきた。

「イルザリアさん」

アリアはセルルマーニの手を引いて〈サキュバス〉へ駆けよった。

アリアを迎えてイルザリアは柳眉《りゅうび》をひそめる。

「わたくしの部屋から、お庭で戦っているフォン・シュバルツェンの姿が見えましたわ。いったい何がありましたの？」

「実はルイラムさんが……」

アリアの説明を受けて、イルザリアの顔が青ざめる。悪魔《あくま》である彼女の場合〈クルセイダー〉に対する畏怖《いふ》の念は、精霊《せいれい》のアリアとは比較にならないほど大きいようである。

小刻みに震《ふる》えているイルザリアの細い腕に手をかけて、アリアは落ちつかせようとゆっくり言った。

「心配いりません。目的はわたしみたいですから」

「……アリアちゃんが？」

苦笑してうなずくアリアに、イルザリアがセルルマーニと同じ問いを発した。なぜアリアなのか、と。

「わかりません。でも、もう一度、ルイラムさんと話してみます。何かきっと、理由があるはずですから」

「やめてちょうだい、危険すぎますわ！」

「ううん、大丈夫。それより、イルザリアさんは万が一に備えて、セルルマーニと一緒にご自分の部屋に隠れていてください。あの部屋なら、ルイラムさんも入ってこられないでしょうから安全ですよ、きっと」

「アリアちゃんこそあの部屋に隠れるべきですわ！　狙《ねら》われているのはあなたなのでしょう？」

「いざという時には、そうさせてもらいますね」

アリアは冗談めかした笑《え》みを浮かべてそう言い、すぐに真顔に戻して語《ご》を継《つ》いだ。

「でも、いまはルイラムさんにききたいことがあるの。だから先に行っててください。イルザリアさんにもしものことがあれば、わたし、ご主人さまにあわせる顔がなくなっちゃいますもん」

「いいえ――」

イルザリアがきっぱりと首を横に振る。それから線の細い顎《あご》を誇らかに持ちあげて、青ざめながらも決然と言い放った。

「でしたら、わたくしもここに残りますわ」

「イルザリアさんッ」

アリアの咎《とが》める声を、〈サキュバス〉はゆったりとした微笑でさえぎった。

「いつも身のまわりの世話をしてくれているアリアちゃんに、わたくし、とっても感謝していますの。それはきっと他《ほか》のみんなも同じはずですわ。この城に住む者は、あなたなしでは生きられないと言っても言いすぎではありません。それにね――」

イルザリアの両手が、アリアの顔をそっとつつむ。

「あなたに何かあったら、ブラドさまに顔向けできなくなるのは、わたくしも同じなの」

「イルザリアさん……」

言葉に詰まるアリアの目を、温かな水の膜がおおう。相手の想《おも》いが自分の心に届いた時、こんなにも目頭が熱くなるものだろうかとアリアは驚いた。悲しくて涙を流したことならこれまでに何度もあったが、嬉《うれ》しくて涙があふれてくるのは初めてだった。

が、その涙が目からあふれて頰《ほお》をつたう直前、アリアの背後で耳をつんざく大音響がこだました。

「！――」

驚いて一斉にそちらへ視線を投げたアリアたちは、木《こ》っ端微塵《ぱみじん》に砕け散ったオルレーユ城の扉と、そのすぐ下の床で伸びている〈デュラハン〉を見た。

扉を失って、あんぐりと口をあけたオルレーユ城の玄関口には、何かを投げつけた恰好《かっこう》で硬直している〈ゴーレム〉と、その脇《わき》で満足げな笑《え》みをたたえたルイラムがいた。

〈ゴーレム〉が何を投げつけたのかは一目瞭然《いちもくりょうぜん》――。

「フォン・シュバルツェン！」

アリアの怪我《けが》をしたのではないかと危ぶむ声に、投げられた本人がピクリと反応した。うめきながらも蒼《あお》刃の剣《つるぎ》を杖《つえ》のようにして立ちあがる。投げ飛ばされても小脇の首を手放していないのは、さすがと言うべきか。

「ううむ……あやつ、なかなかの膂力《りょりょく》。それがしを軽々と放《ほう》り投げるとは、あなどれん！」

「感心してないでなんとかしなさいよ！　あッ、ほら、んもォ、裸のデッカイ人まで入ってきちゃったじゃない！」

「簡単に申されますな。あれでなかなかの強敵なので――」

アリアへ振り向きざまに鳴らしたフォン・シュバルツェンの不平は、しかし途中で歓喜の雄《お》叫《たけ》びにかわった。

「うおおッ、イルザリアどのではありませぬかッ！」

アリアの横で慎《つつ》ましく立っている〈サキュバス〉に気づいたようである。

イルザリアが軽く会釈《えしゃく》すると、〈デュラハン〉は戦闘中にもかかわらず背筋をピンと伸ばし、イルザリアに向かって優雅な一礼をしてみせるのだった。

——こらこら……。

アリアは悠長《ゆうちょう》なふたりに苦笑しながらも、ここはフォン・シュバルツェンの慕情を利用しない手はないと決意する。

「ききなさい、フォン・シュバルツェン！　あなたがそこで踏ん張らなかったら、あの裸のデッカイ人にイルザリアさんが襲われるのよ！」

「な、なんですとッ」

「あーんなことや、こーんなことされちゃうかも。それでもいいの？」

「ぬおおおお！　愚問《ぐもん》愚問！　いいわけがござらぬッ！」

激したフォン・シュバルツェンの右手から、青白い、強烈な光がほとばしる。彼の剣《つるぎ》の、蒼《あお》い刀身が燦然《さんぜん》と輝いていた。剣は、明らかに持ち主の感情に呼応している。

「首を落とされ、墓標《ぼひょう》より我が名を削られ——」

「それはもうきいた」

「……い、いざッ、参らん！」

アリアの冷めた指摘で、名乗りを極端にはしょった〈デュラハン〉が、敢然《かんぜん》と床を蹴《け》って〈ゴーレム〉へ躍《おど》りかかる。

剣と拳《こぶし》、マゾと露出狂《ろしゅつきょう》の第二ラウンドがはじまった。

フォン・シュバルツエンが右手の剣を水平に走らせる。が、それは大振りにすぎて、やすやすと〈ゴーレム〉に避《よ》けられた。剣は空を裂き、青い閃光《せんこう》が尾を引いて流れる。ところが〈デュラハン〉はそのまま全身をすばやく一回転させると、もう一度、同じ方角から剣を水平に薙《な》いだのだった。

〈ゴーレム〉は、この流れるような波《は》状《じょう》攻撃に対応しきれず左の脇腹《わきばら》に直撃を受け、その衝撃《しょうげき》で体勢を崩し、床に片膝《かたひざ》をついた。

「うまい！」

アリアは思わず跳びあがって歓声をあげた。

その後もフォン・シュバルツエンの猛攻《もうこう》が続き、アリアの応援に熱が入る。

「いっけえエエ、そこだ！　いいぞッ、ナアイス！」

ところが、

「ん？……あれ？……あらら？……ちょっと、コラッ、おーい……」

威勢がいいのは最初だけのフォン・シュバルツエンだった。

「情けないわねエ、まったく……」

額に手をあてて呆《あき》れるアリアの表情は、しかし、壁際に追いこまれた〈デュラハン〉を見て青ざめた。同僚の身を案じたからではない。彼の背後にある調度品が心配になったのだ。

〈ゴーレム〉が太い腕を振りあげる。その拳《こぶし》がどこに振りおろされるのかは明白だった。

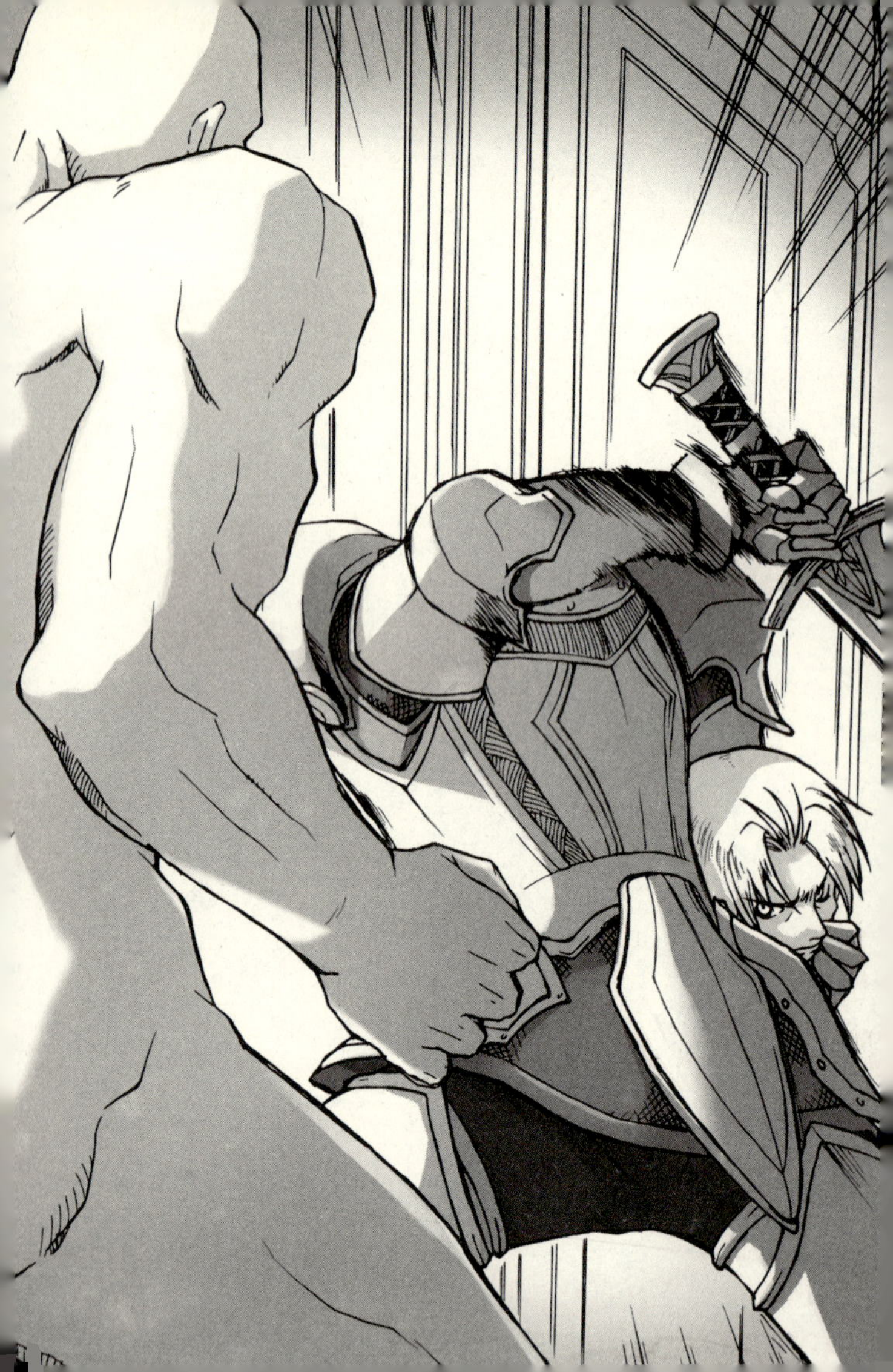

「フォン・シュバルツエン、避《よ》けちゃダメッ！」

とっさに叫んだアリアの声に、言われた当人の表情が固まる。

「そ、そんなご無体《むたい》な……」

そこへ〈ゴーレム〉の拳《こぶし》が降りそそぐ。

「あああああッ、フォン・シュバルツエンのバカあああアアア」

〈デュラハン〉はきっちり避けていた。その体さばきは、本来ならば褒《ほ》められるべき見事なものであったが、彼の背後で粉々に砕け散った調度品が、アリアの口から不当な罵声《ばせい》を引きださせたのだった。

第五章　涙のあと

1

その後も、フォン・シュバルツエンが家具の側《そば》へ追い詰められるたびに、アリアからは「避《よ》けるな！」との鬼《おに》のような指示が飛び、〈デュラハン〉の不服従にアリアの悲鳴と罵声《ばせい》がこだました。

「んもお！　どうして高価な家具のほうにばっかり逃げるのよッ」

荒らされていくロビーの惨状《さんじょう》に、涙ぐみながらも憤慨《ふんがい》するアリアの手を、不意に、セルルマーニがくいくいと引っぱってきた。

「何よッ」

やや苛立《いらだ》ちながらも〈ガーゴイル〉を見おろし、彼の見つめている先を目で追ったアリアは、そこにルイラムの姿を認めて慄然《りつぜん》とした。聖印《クロス》を片手に、老いた聖職者がゆっくりとこちらへ歩みよってきていたのだ。

「イルザリアさん、セルルマーニ、こっちへ！」

アリアはふたりを連れて階段を駆けあがった。

オルレーユ城のロビーは、天井が二階まで吹き抜けていて、二階の廊下からも手すり越しにロビーが見おろせる。

その二階の廊下からロビーを見おろすと、いままさにルイラムが、アリアたちを追って階段に足を踏みかけているところだった。

「ルイラムさん、教えてください。どうしてわたしなんですか！」

浄化《じょうか》や封印が目的なら、アリアにも理解はできる。彼ら人間、とりわけ法王庁《バチカン》の聖職者たちにとって、人間でないアリアたちは、みな等しく悪なのである。思想や意義を問わず、ただひたすら亡《ほろ》ぼすべき存在でしかないのだ。

アリアたちの側からすれば、むろん、とうてい納得のできる事態ではない。が、それでも理解はできた。彼らもまた、自分たちとはあらゆる点で異なる人間という存在を、心から容認できないでいるからだ。

だから、この世からの根絶を目的とした浄化や封印は理解できる。が、よりにもよって〈バンシー〉の乳房を吸いにきたとは、いかなる料簡《りょうけん》か。どんな言いわけをされても納得などできはしないが、それでも理解だけはしておきたいアリアだった。

ルイラムは、階段の最初の一段に片足をかけた恰好《かっこう》でとまり、階上のアリアを見あげて声をあららげた。

「とぼけるな〈バンシー〉！　おまえたちに秘められた力を知らぬわしだと思うてか！」

「だから、なんなんですか、それ！」

「やれやれ、あくまでもシラを切るつもりか……よかろう。ならば教えてくれる！」

固唾《かたず》をのむアリアの耳に、ルイラムの厳《おごそ》かな声が響《ひび》く。

「〈バンシー〉の乳房を吸うことができた者は、その〈バンシー〉に養子と認められ、どんな願いでもかなえてもらえるのだよ！」

「なッ……」

思わず絶句してしまったアリアは、ふと横から異様な視線を感じ、おそるおそるそちらを見た。

イルザリアが、まじまじとアリアの胸を見つめていた。

「本当なの？　アリアちゃん……どんな、願いでも？……」

〈サキュバス〉の白い手が、指をモミモミと動かして迫りくる。かなえたい願いのあるイルザリアは、まばたきひとつせず、何かに憑《つ》かれたような目でアリアの胸を注視していた。

「わたくし、ふしだらな女に、なりたいの……」

「う、ウソですよ、そんなのッ！」

アリアはあわてて自分の胸を抱いて隠し、階下のルイラムをキッと睨《にら》みおろした。

「ルイラムさん、いい加減なこと言わないでください！　さっそく信じちゃったひとがいるじゃないですかッ！」

「まだとぼけるか！」

ルイラムが力強くアリアを指差してくる。

「よいかアリア、よくきけ！　その伝承《でんしょう》は、我ら人間のあいだではよく知られたものなのだ。〈バンシー〉に願いをかなえてもらった者の証言さえ残っておるのだぞ！　間違いなく、おまえたち〈バンシー〉には大いなる力が宿っておるのだ。おまえはまだそれに気づいておらんのだろう……いまわしが覚醒《かくせい》させてやる！」

つまり、わしが吸ってやる、と言っているのである。

その不埒《ふらち》な発言をどこまで自覚しているのか問い詰めてやりたい衝動《しょうどう》にかられるアリアだったが、まずは、誤解をとくことのほうを優先させた。

「きいて、ルイラムさん！　わたしたち〈バンシー〉にそんな力はありません！」

「でもさ、でもさ、火のないところに煙は立たないって言うよ？」

「あんたは黙ってなさいッ！」

茶々を入れるセルルマーニに拳骨《げんこつ》をおみまいしてから、アリアはあらためてルイラムの説得にとりかかった。

「その伝承《でんしょう》は、きっと、あなたたち人間の誤解や偏見《へんけん》がつくりあげたものに違いありません。そもそも人間は〈バンシー〉を知らなすぎるんです！　わたしたちにできることといったら毎日の掃除、洗濯、料理くらいなものです。〈バンシー〉は、家と主人を守りたいだけの精霊《せいれい》にすぎないんですから！」

「ふん。主人の天敵であるわしの願いなど、かなえたくもないというのが正直なところなのだろう？　だが、あきらめることだ。いまのわしには――」

ルイラムが、次の段へ力強く足を踏みだす。

「たとえ神が行く手をさえぎろうとも、それを乗り越えていけるだけの意志と覚悟が備わっておるのだ。なんぴとたりともとめられはせん！」

――ほ、本気だ……。

アリアは慄然《りつぜん》として身を震《ふる》わせた。ルイラムの目が絶えずアリアの胸を見つめているのだ。

アリアはたまらず背を向けて、その嫌らしい視線を断ち切った。

「安心して、アリアちゃん」

イルザリアがアリアの肩にそっと手をかけ、慰《なぐさ》めるように言った。

「ここは、わたくしにまかせてちょうだい」

「何をするつもりですか、イルザリアさん？」

「わたくしも〈サキュバス〉の端《はし》くれ。相手が殿方《とのがた》なら、きっと誘惑してご覧にいれますわ」

悲壮な面持《おもも》ちでアリアにそう宣言したイルザリアは、次いで階下のルイラムを、まるで忌《い》むべきものでも見るような目で睨《にら》んだ。

「さっきの伝承が嘘《うそ》だというのは少し残念ですけれども、たとえ本当だったとしても、嫌がるアリアちゃんの胸を力ずくで吸うだなんて、そんなふしだらなこと、同じ女として断じて許せませんもの。わたくし、あの人間を心から軽蔑《けいべつ》いたしますわ」

とうてい〈サキュバス〉とは思えぬ台詞《せりふ》だが、アリアには嬉《うれ》しかった。わずかばかりの期待を胸に秘め、ルイラムに挑むイルザリアの背中を見守ることにする。

アリアにばかり視線を注いでいたルイラムは、階段の半ばで不意に立ちはだかったイルザリアに気づき、いささか驚いたようだった。足をとめ、しげしげと彼女を見あげている。

長く、しなやかな白金《プラチナブロンド》色の髪を高々と結いあげ、桜色の禁欲的なドレスをきっちりと身にまとい、お腹《なか》のあたりで両手を結んで、冷ややかに階下を見おろしながら屹然《きつぜん》とたたずむこの婦女を、ルイラムはさぞ魅惑的に感じていることだろう。清教徒的な感性を持つ男が理想とする女性像がそこに具現《ぐげん》しているのだ。

アリアの予想に違《たが》わず、ルイラムの顔がほころんだ。

「ほほお、これはこれは……まるで宗教画から飛びだしてきたような貴婦人じゃのう」

いかめしい表情だったルイラムの顔が途端《とたん》にだらしなく崩れるのを見て、アリアはイルザリ

ア の勝利を確信した。さすがは〈サキュバス〉である。外見だけで早くもルイラムの心を捉《とら》えたようだった。

「ブラドに囚《とら》われておる、村の娘さん、かな？」

ルイラムの問いかけに、イルザリアはゆっくりとかぶりを振る。

「いいえ。わたくしみずからの意思でお仕えしておりますわ」

「そう思い込まされておるだけなのでは？」

「ありえませんわ。わたくし〈サキュバス〉ですもの」

「なんと……」

不意に、ルイラムが大口をあけて笑声をあげた。

「この老いぼれをからかってもらっては困る。たしかに、そなたはこの世のものとは思えぬほどに美しく魅力的だ。だがな、どこの世界に、そなたのように慎《つつ》ましやかで禁欲的な〈サキュバス〉がおるというのだ。この五十余年、〈クルセイダー〉をつとめてきたこのわしですら、ついぞお目にかかったことがないわい、ホ、ホ、ホ」

「そ、そんな……いいえ、本当ですのよ。これでもわたくし〈サキュバス〉ですの。疑われると、わたくしのほうこそ困ってしまいますわ」

必死になって自分の正体を主張するイルザリアの横を、ルイラムが笑いながら通り過ぎていく。

「なるほど、そなたから感じられる気配は人間のものではないようだ。だがな、〈サキュバス〉というには、そなたはあまりに清楚《せいそ》にすぎるのだよ」

「お待ちになって！」

イルザリアは、あわててルイラムの前へまわりこむと、

「でしたら、ご覧にいれますわ。わたくしの真《まこと》の力を！」

決然とそう言い放ち、おもむろに胸もとのボタンへ手をかけた。

さすがに身構えたルイラムの眼前で、イルザリアは、胸の谷間がほんの少し垣間見《かいまみ》えるあたりまでドレスをあけひろげた。さらに、ぎごちない動きで体をくねらせ、全身の優美な曲線をきわ立たせたかと思うと、熱っぽく吐息《といき》した。

「うっふうウウんん……い、いかがです？　わたくしの色気に、もうメロメロではありませんこと？……」

そう言いながらも実は恥ずかしいのだろう。イルザリアの顔は火が噴いたように真っ赤である。

——なんて古典的で、稚拙《ちせつ》な誘惑なの……。

アリアですらそう思うのだから、ルイラムに効果がないのは明白だった。

果たして、ルイラムは呆《あき》れたように首を横に振り、嘆かわしげに溜《た》め息《いき》をもらすと、

「よしなさい」

娘の素行を注意する父親のような口ぶりでたしなめた。イルザリアの胸もとに手を伸ばし、はだけたドレスを丁寧《ていねい》になおしながら説教をはじめる。

「好いてもおらん男の前で、むやみに肌をあらわにするもんじゃあない。そんなことをせずとも、そなたは充分に美しく魅力的なのだ。もっと自分を大切にするがよいぞ」

「………」

けっきょく相手にされず、あまつさえ〈サキュバス〉であることも認めてもらえなかったイルザリアは、ガクリとその場にくずおれて動かなくなってしまった。彼女が受けた精神的衝《しょう》撃《げき》は推して知るべしである。

——リハビリが大変だわ……。

ようやく「ふしだら」を前向きに考えるようになった〈サキュバス〉なのに、今後の彼女の精神的な立て直しを思うと、アリアの頭は痛くなる。

しかし、それも無事でいられたらの話だ。

ルイラムが、ついに階段をのぼりおえて二階の廊下に足を踏みいれてきたのだった。

アリアはセルルマーニの手を引いて廊下の端《はし》まで逃げた。が、途中で、その手を〈ガーゴイル〉が振りほどく。

「どうしたの？」

「みんなが戦ってるのに、ボクだけ逃げるなんてできないよ！　ボクも戦う、アリアちゃんのために！　だあああッ」

「ちょっと、セルルマーニ！」

アリアの制止する声もきかず、セルルマーニが、丸い体をよちよちと揺《ゆ》さぶりつつルイラムめがけて突進した。

草木のざわめきにも怯《おび》えていたあの〈ガーゴイル〉が、逃げることをやめて、アリアを守るために〈クルセイダー〉へ戦いを挑んだのだった。その逞《たくま》しい成長ぶりと献身的《けんしんてき》な友情に、アリアの心が震《ふる》えた。

——立派になったわね、セルルマーニ……。

ところが、感涙《かんるい》でぼやけたアリアの視界のなかで、不意に〈ガーゴイル〉が体勢を崩したのである。はっとして見守るうちに短い足をもつれさせ、抵抗むなしく前のめりに転倒した。そのままボールのように転がっていく。

「おっと……」

ルイラムが、ひょいと片足をあげて転がる〈ガーゴイル〉を易々《やすやす》と避《よ》けた。

「なんじゃ、いまのペンギンは？」

首をかしげるルイラムの遥《はる》か後方へ、セルルマーニは転がりながら消えていく。

——さては逃げたわね……。

アリアには、そうとしか思えなかった。

「どうやらこれで、わしとおまえのあいだを邪魔《じゃま》する者はいなくなったようだの」

ルイラムが、聖印《クロス》をたずさえて歩みくる。

「さあ、観念して胸を出しなさい、アリア」

「………」

イルザリアにはあれほど紳士的だったのに、この件になると途端《とたん》に卑猥《ひわい》になるルイラムだった。しかも、眉《まゆ》ひとつ動かさず真面目《まじめ》くさった顔で堂々と言うものだからたまらない。

アリアは後ずさりしながらも、声を張って警告した。

「それ以上、近づいたら、わたし、泣きますよ！」

「！……」

ルイラムの歩みがピタリととまる。魔《ま》を知りつくした〈クルセイダー〉だけに、〈バンシー〉の泣き声に秘められた力にも知識があるようだ。終始、悠然《ゆうぜん》としていたあのルイラムが、ここにきて表情をこわばらせたままアリアを見つめ、動けないでいる。

アリアはここぞとばかりに懇願《こんがん》した。

「お願いだから帰ってください。いますぐ、あの裸のデッカイ人を連れてこの城から――」

「泣いてみよ」

「え？」

アリアの脅《おど》しに一度はひるみを見せたルイラムだったが、いまはすっかり平常心を取り戻しているようだった。

のみならず、今度は逆にルイラムから挑むような提案がなされた。

「泣いてみるがよい、アリアよ。だが、その瞬間、わしの口はおまえの乳房に吸いついていることだろう」

「そ、そんなこと――」

「できぬと思うてか？」

「……………」

「わしの目的は、おまえの懐《ふところ》に飛びこみ、服をまくりあげ、乳房に口を寄せる、の三動作でとげられるが、おまえが目的をとげるには、感情を昂《たか》ぶらせ、目を潤《うる》まし、嗚咽《おえつ》をこらえ、ようやく泣き叫ぶ……わしと比べて動作がひとつ余計に多いのじゃよ。この距離では、どちらに利があるかは明々白々」

「……そ、その理論は強引すぎませんか？」

「そう思うのならば泣いてみるがよい！」

ルイラムが腰を低く落とし、間合いを詰める体勢になった。

「ウソでしょ……」

アリアもあわてて泣くための心構えをする。

ところが、突如としてアリアの視界を光と炎が占有した。耳には爆音がとどろく。

次いで押しよせてきた衝撃《しょうげき》と熱風に、アリアは両手で顔をかばいながら、薙《な》ぎ倒されないように両足を踏ん張らなくてはならなかった。

「な、何？……」

爆風が吹き去り、耳鳴りもおさまりつつあるなかで、アリアはこわごわ手をおろして目の前を確認した。

あたりには煙が充満していた。パラパラと何かが崩れる音もかすかにきこえる。アリアは身じろぎひとつせず、全身を緊張させて煙が晴れるのを待った。

――これもルイラムさんが？……。

しかし、その考えはすぐに頭から振り払った。ルイラムの振る舞いにしては、あまりに破壊的で、派手すぎるのだ。

と、そこまで考えたアリアの背中を冷たいものが走った。破壊的で、派手好きな人物がひとりいることに思いあたったからである。

――ま、まさか……。

やがて煙が薄らぎ、アリアの眼前で何が起きたのかが明らかとなった。

アリアとルイラムの狭間《はざま》の、二階の廊下の床がすっかり崩落《ほうらく》していた。床板は砕かれ、そのまわりは黒ずみ、煙をあげている。

そこで小規模な爆発が生じたことはアリアにも容易に察しがついた。が、問題は誰《だれ》の仕業であるかだった。

床がすっぽりと崩落してできた、大きな穴の向こう側では、アリアと同じように緊張した面《おも》持《も》ちで身構えたルイラムがいた。目を忙《せわ》しなく左右に動かしてあたりの気配をうかがっている。その様子からも彼が原因でないことは明らかだ。

アリアはとっさに廊下の手すりに駆けよって、階下のロビーを見おろした。

「おやおや、なんだい。アリアもそこにいたのかい。まるで見えなかったよ、イーッヒヒヒ」

トファニアだった。

2

白のキャミソールにペチコートという、あられもない下着姿の短髪少女が、細い両腕で重たげにクロスボウを支えつつ、不敵な笑《え》みを宿した目で挑むように二階を見あげていた。

「おばさま……」

「上があんまりやかましいんできてみりゃ、このザマかい。まーったく！　あたしに黙ってルイラムと遊んでちゃあダメじゃないか。なぜ知らせなかったんだい？　あとでお仕置きだよ」

「そ、そんなつもりじゃ……」

「ふん、まあ、いいさ。それよりもルイラムは？　奴《やつ》はどうなった？　内臓ブチまけて、みっともなくヒイヒイ喚《わめ》いてないかい？」

高く澄んで若々しくても、語調がひどく老成しているトファニアの声が楽しげに響《ひび》く。

アリアは言われたとおり、穴ひとつ隔《へだ》てた向こう側にいるルイラムを見て答えた。

「ぴんぴんしておられます」

「あんだってぇエエェッ」

トファニアが、左下にホクロのある印象的な唇《くちびる》をまくりあげて白い歯をくいしばった。

「初弾を外しちまったかいッ、クソ！　いまので仕留めたと思ったんだがね！」

ぼやきながらも、いそいそとクロスボウの弦《つる》を引きしぼりはじめる。

「アリア、あんたはそこをおどき。でなきゃ幽体《ゆうたい》に戻ってることだね。さすがに巻きぞえはご免だろ？　イヒヒヒ」

「ちょっと待って、おばさま。そんなことより、さっきの爆発はいったいなんなんですか？　お願いだから、お城のなかで暴力的な魔女術《ウイッチクラフト》を使うのだけは――」

「完成したんだよ！」

「完成？……何が？」

「《後期生産型トファナ水（仮）》に決まってんだろ！」

そう言ってトファニアが得意げに取りだしたのは、クロスボウ用の短い矢だった。が、その先端には矢尻《やじり》でなく、直径三センチほどの小さなガラス玉がくくりつけられていた。よく見ると、球形の容器のなかは激しく泡立つ無色の液体で満たされている。

――あれが、後期なんたらかんたらトファナ水（仮）……なのかな？

アリアは首をかしげた。

――そうだとしても、あれと爆発がどう関係してるのよ……。

アリアの物問いたそうな表情から察したのか、矢をつがえおえたトファニアが、乗っとった少女の顔に悪魔《あくま》めいた笑《え》みをひらめかして叫んだ。

「よおおおおッく見てなああアアア！」

叫ぶや否《いな》やクロスボウをルイラムのいる上方に向け、腰だめに構えると、ためらうことなく引き金を引いた。

先端に改造トファナ水をつけた矢が放たれ、ゆるやかな放物線を描く。矢尻《やじり》よりもやや重いガラスの球体をつけているのに弓勢が落ちないのは、距離と角度、そして弦《つる》の張力とが巧みに計算されているからなのだろう。

しかし、アリアが文字どおり飛びあがって驚いたのは次の瞬間だった。

一階のロビーから二階の廊下まで悠々《ゆうゆう》と飛来したその矢は、ルイラムの足下《あしもと》に着弾するなり、爆発した。

爆発は小規模なものだった。が、それでも閃光《せんこう》と爆音はすさまじく、焦げた臭気や煙が薄らぐと、先ほどまでルイラムの立っていた廊下の床がすっかり抜け落ちていた。彼自身の姿も見

あたらず、パラパラと瓦礫《がれき》の崩落する小さな音が、まるで鎮魂歌《ちんこんか》のように寒々と響《ひび》いていた。

「なッ——」

怒鳴りかけて、一瞬、何を言っていいのかわからなくなるアリア。あの魔女《まじょ》は、トファナ水を、よりによって爆薬に改造したというのか！

アリアは胸に手をあててひと呼吸おいてから、あらためて怒鳴りなおした。

「なんてことするんですかッ！」

「いちいちうるさい娘《こ》だねェ。んなことよりルイラムはどうなったか見とくれよ。今度こそ仕留めたかい？」

「あんな爆発のなかで無事な人間、いるわけが——」

不意にアリアは声をのみこんだ。目の端《はし》で動く影を認めたのだ。

とっさにそちらへ視線を投げたアリアは、影の正体を見て驚き、と同時に、奇妙なことながら心のどこかでホッと安堵《あんど》した。

「ルイラムさん……」

二度目の爆発で完全に分断された廊下の向こう側で、ルイラムが片膝《かたひざ》をついて、白いロングコートにまとわりついた埃《ほこり》を悠然《ゆうぜん》と払っていたのだ。

「やれやれ、まだ仲間が潜《ひそ》んでおったのか。にしても何者じゃ？　あの小娘は……」

トファニアが体を取りかえたのを、ルイラムはまだ知らない。彼が二週間ほど前にパレルモで戦った魔女《まじょ》とは姿が異なるのだ。

アリアの口から、下着姿の短髪少女がトファニアであることを告げられると、

「なんじゃとッ、頭のいかれたあの魔女か！」

ルイラムは顔を歪《ゆが》めて嫌悪感をあらわにし、手すりから身を乗りだしてロビーのトファニアをまじまじと見おろした。

ひょっこり顔を出したルイラムを見てトファニアが発狂する。

「おんのれええエエ、くたばってなかったのかい！　しぶといクソジジイだねッ」

魔女は叫びながらも、いそいそとクロスボウの弦《つる》を引きはじめた。

ルイラムが信じられぬとばかりに首を振り、アリアに訊《たず》ねてくる。

「見た目はまるで別人だが、あの下品な口ぶりはまさしくパレルモの魔女……他人の体を乗っとったというのかッ？」

「ええ」

アリアは苦笑まじりでコックリうなずく。

「でも、あの娘《こ》の魂《たましい》も一緒なんだそうですよ。いまは眠らせているから、おばさまが主体になっているだけで、死んではいないって言ってました」

「だから許せと？」

ルイラムの顔が、今度は憎悪の情で歪む。

「おのれトファニア……無垢《むく》な少女の魂をもてあそびおって！」

「イーッヒヒヒ、だったらどうしようってのさッ」

義憤《ぎふん》に身を震《ふる》わせているルイラムを、トファニアが、ガラス玉のついた矢をつがえながら挑発した。

「パレルモじゃあ、あたしにまんまと逃げられたクセして、偉そうに吠《ほ》えるんじゃないよ！」

「ふん！　パレルモではブラドの恐怖心を煽《あお》るために敢《あ》えて逃がしたのだ。おまえが奴《やつ》に急を告げるだろうことを見越してな。思惑《おもわく》どおりブラドはまんまと逃げだし、この城は手薄となった。ゆえに、もはやおまえを生かしておく必要はどこにもない。いまここで、芥《あくた》ひとつ残さず浄化《じょうか》してくれる！」

ルイラムが右手で聖印《クロス》をにぎりしめ、それをトファニアに向かってかざした。口のまわりの白いヒゲがモソモソと動きはじめる。

「祈りなんざ古いんだよッ」

矢の再装填《さいそうてん》をおえたトファニアがクロスボウを肩に担《かつ》ぎ、片目をつむって狙《ねら》いを定めた。

「これからは科学の時代さね！」

魔女の指が揚々《ようよう》と引き金を引く。

「おばさまッ、やめ――」

アリアの声を掻《か》き消して、光と音が交錯《こうさく》した。

トファニアの狙《ねら》いは正確だった。ルイラムの立っていた場所で爆発が生じると、二階の廊下そのものが耐え切れなくなって崩れはじめる。

アリアの立っている側も、床がぐらつき崩落《ほうらく》の予兆を示していた。苦悶《くもん》の声にも似た不気味な音をたてて傾きつつある。

アリアはあわてて幽体《ゆうたい》に戻って宙へ浮遊し、難を逃《のが》れた。

——ルイラムさんは？

彼は爆風を利用して階段まで跳びすさっていた。〈クルセイダー〉として鍛《きた》えたその肉体は、いまなお壮健《そうけん》のようだ。

「それでも肉体は確実に衰えているもんさッ。三百年を生きてきた、このあたしが言うんだから間違いない！ 逃げてばかりじゃ、そうそう息がもつはずがないんだよ！」

トファニアの罵声《ばせい》とともに矢が放たれる。

「なんのッ。その前におまえの矢がつきるだろうて！」

ルイラムが、老人とは思えぬ軽やかな跳躍《ちょうやく》で、爆破を回避しつつ罵《ののし》りかえす。

ロビーのあちらこちらで爆音がとどろき、オルレーユ城を震撼《しんかん》させた。爆音と爆音の合間に響《ひび》くのは、魔女《まじょ》と聖職者のきくに耐えない罵声《ばせい》である。

当然の帰結として、被害は音だけにとどまらなかった。

壺《つぼ》が砕け散る。ブラド卿《きょう》お気に入りの、中国は明王朝時代の彩磁《さいじ》だった。

ソファやテーブルが消し炭と化す。憩いの場がなくなった。

壁面を飾る絵画が床に落ちて踏みにじられる。高かった。

手製のタペストリーに火がついた。アリアの想《おも》いが焼かれていく。

「おばさま、お願いッ、もうやめてええエエエ！」

アリアの悲痛な叫びは、しかし爆音と怒号に虚《むな》しく掻《か》き消されるばかり。

ならばトファニアの弾切れを、と願ったアリアだが、彼女の右手を見て愕然《がくぜん》とする。

矢を取りだす時の魔女の右手が、手首まですっぽりと異空間へ消えていたのだ。どこか別の場所と繋《つな》がってでもいるのか、彼女が見えざる穴から手を引き戻すと、その指のあいだには新たな矢が挟《はさ》まれているのである。

魔女の手首に巻かれた金色の腕輪が意味深長《しんちょう》なきらめきを放っていた。矢も、爆発するトファナ水も無尽蔵《むじんぞう》のようである。弾切れは望めそうもなかった。

もはやルイラムにすがるしかない。アリアは幽体のまま宙をただよいルイラムに近づいて、そっと耳もとでささやいた。

「ルイラムさん、提案があります」

「む、アリアか？」

ルイラムはトファニアの爆撃を避《よ》けながらも、見えざるアリアの気配を察したようである。

「あの裸のデッカイ人をつかって、おばさまを取り押さえてもらえませんか？　こちらの〈デユラハン〉にはただちに剣を引かせますから」

「ほう、仲間を売る気か」

「いいえ、この城をこれ以上、荒らされたくないだけです。おばさまを浄化《じょうか》なんてさせません。あなたとは、おばさまを鎮《しず》めたあとで、あらためてゆっくり話しあうつもりです。あなたの目的だって魔女狩《まじょが》りではないはずよ！」

「なるほど……心得た。おまえとは一時休戦といこう」

ルイラムの同意を得たアリアは、今度はフォン・シュバルツェンのもとまで宙をただよい、彼の耳もとで戦闘中止を発令した。

「なんですと？」

いぶかる〈デュラハン〉に、アリアは苛々《いらいら》と声をあららげる。

「いいから剣をおさめて！　このままじゃ、おばさまの攻撃にイルザリアさんまで巻きこまれるわよ！」

アリアのこの脅《おど》しに加えて、目の前の〈ゴーレム〉が攻撃の標的を魔女へと切りかえたことが、フォン・シュバルツェンに剣を引かせた。刀身の青い光がみるみるしぼんでいく。

「いい？　フォン・シュバルツェン。あのデッカイ人がおばさまを取り押さえるから、援護《えんご》が必要そうなら、あなたも手伝うのよ」

「よろしいのですか？」

「しょうがないじゃない……」

アリアの悲痛な声に、フォン・シュバルツエンも粛然《しゅくぜん》とうなずいた。

ルイラムの操る〈ゴーレム〉が、床を高々と踏み鳴らしてトファニアに突進する。

それを察知した魔女は、いったんルイラムをあきらめて、クロスボウの先を〈ゴーレム〉に振り向けた。

「汽車や汽船が走るこの十九世紀に、埃《ほこり》かぶった骨董品《こっとうひん》なんざ持ちだすんじゃないよ！」

引き金が引かれ、矢が放たれる。

直撃。そして爆音。


「！――」

トファニア以外の誰《だれ》もが瞠目《どうもく》して硬直した。

爆破の煙が薄らぐと、そこに立っていたのは、もはや人の形を成していないものだった。上半身を完膚《かんぷ》なきまでに砕かれた、成人男性の立派な下半身だけが立ちつくしていたのだ。それもすぐに均衡《きんこう》を失って床に崩れた。

「お次は誰《だれ》だい？　あんたかい〈デュラハン〉？　イヒ」

たった一発で易々《やすやす》と〈ゴーレム〉を破砕《はさい》した魔女のクロスボウが、飛びかかるつもりで身構えていたフォン・シュバルツエンに向けられる。

「ご、ご冗談を！　嫌ですなア、あ、は、は、は……」

「だったら、そこでおとなしくしてるんだね。つまらないこと考えるんじゃあないよ」

「御意《ぎょい》！」

フォン・シュバルツェンはすっかり萎縮《いしゅく》してしまっていた。

「さあて、本戦を再開しようじゃないか、ねえ　ルイラム！」

魔女《まじょ》の殺気がふたたびルイラムに向けられた。

引き金が引かれ、爆音がこだまする。荒れ狂う魔女の一挙手一投足がロビーの各処《かくしょ》を破壊していった。

嘆き、うろたえるアリアの視界で廊下が焼け落ち、階段が崩れ、天井の一角が割れた。頼みのルイラムも魔女の爆撃を避《よ》けるので精一杯の様子。

——ああ、そんな……。

アリアが五十年、唯《ただ》ひとりの人物のために心をこめて飾りつづけたロビー。

ソファに深く体をうずめたそのひとが、アリアの淹《い》れた紅茶をすすって満足げな笑《え》みを見せてくれる温かな場所。

世界で唯一、そのひとと時空を共有できるアリアの聖域。

そこが、いま、侵《おか》されていく。

この時、絶望のあまりに叫ぶことも、怒鳴ることもできなくなったアリアの声に異変が生じた。

「おばさま……お願いだから……やめて……」

最初、その声は、こみあげてくる何かを必死にこらえて嗚咽《おえつ》まじりだった。が、抵抗むなしく、こみあげてきたものが全身を震《ふる》わすと途端《とたん》に涙があふれてきて、たちまちつぶらな瞳《ひとみ》をおおった。

その薄い水の膜が震えて弾《はじ》け、滴《しずく》となって頬《ほお》を伝い落ちた時、口をついていた苦しげな嗚咽がやみ、どんな音よりもよくとおる澄んだ声へとかわった。

高く低く抑揚《よくよう》をつけて、まるで歌っているような、それでいて一向に陽気になれない寂寥《せきりょう》とした声――灼熱《しゃくねつ》の砂漠をまれに吹きわたる涼風にも似た、それは爽《さわ》やかで儚《はかな》い泣き声だった。

「なんてこったい――」

トファニアが忌々《いまいま》しそうに舌打ちする。それまでむきだしにしていた闘志をあっさり鎮《しず》めて、投げやりな調子でクロスボウを床に放《ほう》りだした。

「ぬう、不覚――」

ルイラムが静かに両目をとじる。トファニアの攻撃がやむと反撃するでもなく、その場に胡座《あぐら》をかき、観念したようにうなだれて動かなくなった。

その両者が声をそろえてつぶやく。

『〈バンシー〉を泣かせてしまったか……』

忽然《こつぜん》と戦闘がやみ、ロビーに満ち満ちていた殺気が消えうせる。

不意におとずれた静寂のなか、アリアの歌うような泣き声だけが、いつまでも虚《むな》しく流れていた。

3

東の空が朱と紫の縞模様《しまもよう》に染まっていた。

そんな朝焼けのなかを、石鹸《せっけん》の泡にも似た雲の群れが空の色を映しながらのんびりと競走している。

早起きの小鳥たちが楽しげにさんざめき、今日が晴れやかな一日になることを保証してくれていた。

──いいお天気ねェ。

両膝《りょうひざ》を抱《かか》えつつ、ロビーの天井に穿《うが》たれた穴から空を仰ぎ見て、アリアは思った。

──絶好のお洗濯日和《びより》になりそうだわ。

柔らかな日射《ひざ》しと爽《さわ》やかな微風《そよかぜ》が、干した洗濯物を完璧《かんぺき》に乾かしてくれることだろう。

──いつものようにお掃除して、お洗濯して、それから……。

が、不意に、視界のなかの和やかな朝空が黒い煙に侵《おか》される。

アリアの意識は否応《いやおう》なく現実へと引き戻された。

倒壊した梁《はり》や柱が黒煙をあげていた。崩落《ほうらく》した壁や天井の瓦礫《がれき》がロビーの床を埋めている。家具や調度品で原形をとどめているものは皆無《かいむ》だった。

泣《な》き腫《は》らした赤い目をこすってみても、目の前の惨状《さんじょう》にかわりはない。受け入れざるをえない現実に、アリアの気持ちは重く沈んだ。小さく吐息して立ちあがる。服にまとわりついた埃《ほこり》や煤《すす》を払い落とすと、瓦礫に埋もれたロビーをゆっくりと歩いてまわった。

トファニアやルイラム、イルザリアやフォン・シュバルツェンが、思い思いの場所で瓦礫や柱に寄りかかって眠りこけていた。彼らの頬《ほお》には一様に涙の流れたあとがある。

ふと、アリアは瓦礫の影で動く、丸い物体に気がついた。

「セルルマーニでしょ？」

アリアの問いかけに、〈ガーゴイル〉がモジモジしながら姿を現した。逃げたことを恥じているのか、上目づかいにアリアを見つめてバツが悪そうにしている。

「怒ってないから、おいで」

アリアが手をさしのべると、よちよちと駆けよってきた。

庭のほうからも、こちらへ歩みよってくる人影がある。

「フンデルボッチ……右手の傷は平気？」

アリアの気づかいに〈リビングデッド〉は白い仮面を縦に振り、揚々《ようよう》と右腕を差しだしてきた。その先端には、切り落としたはずの右手が元どおりくっついていた。ただし、ルイラムに焼かれて黒く焦げたままである。が、指はしっかり動いているし、本人も気にしていないようなので問題はなさそうだった。

アリアは膝《ひざ》をついて、今度はセルルマーニの顔をまじまじと見つめた。そこに涙のあとがないのを確かめて微笑《ほほえ》む。

「そうだったね。あなたたちは、わたしの泣き声に影響されないのよね」

悲しみを理解できても泣くという衝動《しょうどう》をしらない〈ガーゴイル〉と、生理的に泣けない〈リビングデッド〉は〈バンシー〉の泣き声の影響に無縁だった。

「でもでも、アリアちゃん、とっても悲しそうに泣いてたよ」

「実際、すっごく悲しかったんだから。いまだって……」

アリアは悄然《しょうぜん》とあたりを見わたした。

華美《かび》と壮麗《そうれい》をきわめ、迎えた客に城主の威厳《いげん》を誇らかに示してきたオルレーユ城のロビーは、いま、その面影《おもかげ》を微塵《みじん》も残していなかった。まるで敵の猛攻《もうこう》にあって、いましがた陥落《かんらく》したばかりの城内を思わせるほど、そこは荒廃し、廃墟《はいきょ》同然だった。兵士の死体のかわりに横たわるのは、心地よさそうに寝息をたてている同僚や知己である。

彼らがみな無事であったということが、アリアにとってせめてもの慰《なぐさ》めであった。

セルルマーニも、アリアに倣《なら》ってあたりを見まわしている。

「みんなみんな、寝てるの？」

「うん……泣き疲れちゃったのね、きっと」

「もらい泣き？」

「うん。〈バンシー〉の泣き声をきくと、みんなそうなるの」

「悲しくなくても？」

「怒っていようが、笑っていようが、泣かずにはいられなくなるわ。そして、それは泣き疲れるまでおわらない……」

「迷惑だね」

「わかってる。だから泣く時はいつも人前を避けてるわ。でも今度ばかりは、さすがに我慢できなかった……」

「大変だね」

「……うん」

　とりあえずアリアは、セルルマーニとフンデルボッチの三人で手のつけられる瓦礫《がれき》から片づけることにした。絶望のどん底にあっても、いまのロビーの雑然としたさまは〈バンシー〉の感性が許さなかったのである。

　そうこうしているうちに、「もらい泣き」で消耗《しょうもう》した体力を回復させた者から順次、起きだしてきた。涙の筋もそのままに気《け》だるそうな表情であたりを見わたし、まばたきを三回ほどしてからようやく事態を思い出して唖然《あぜん》とするさまは、見ていてなんともおかしかった。

が、トファニアだけは、まだぐっすり眠っていた。

――いい気なもんね……。

ロビーを破壊しつくした張本人《ちょうほんにん》である彼女の寝顔を見おろして、アリアは口を尖《とが》らせる。

それでも、いまは十五、六の短髪少女が健《すこ》やかな寝息を立てているようにしか見えず、その平和然とした寝姿にアリアの怒りはそがれるのだった。

アリアは台所へ走り、紅茶を淹《い》れた。被害がロビーだけにとどまったことを感謝すべきなのかは、アリアにとって難しいところである。

カップをのせた盆を手にしてロビーへ戻ったアリアは、視界の端で捉《とら》えた白い光に驚き、そちらへ首をめぐらせて目を細めた。

ルイラムが床に両膝《りょうひざ》をつき、天井の穴から差しこむ曙光《しょこう》を顔いっぱいに浴びて、静かに両目をとじていた。朝の祈禱《きとう》なのか、その横顔は、先までアリアの胸を吸うことに執着《しゅうちゃく》していた人物とは思えぬほどに気高《けだか》く、まぶしい。

かつての、清純なルイラムが戻ってきたとアリアは直感した。

「わしにまで?……ありがたい、いただくとしよう」

ティーカップの受け皿を手に取って、ルイラムが照れくさそうに白い歯をこぼした。

「ホントは呪《のろ》い殺してやりたいくらいです」

アリアは老いた聖職者のとなりに腰をおろすと、自分のカップに口をつけつつ、すました顔で怖いことを言った。大切にしていたロビーをめちゃくちゃにされたアリアの、それが正直な気持ちだった。

「あなたがくるまでは、そこそこ平穏だったんですから」

「すまん」

ルイラムがぽつりとこぼし、周囲を見わたして言葉を続けた。

「五十年前と同じになってしまったなア……」

ルイラムの言うとおりだった。時を五十年さかのぼり、場所をブラン城に移せば、似たような環境が再現できた。若かりしルイラムに追いつめられたブラド卿《きょう》が全身の自由を奪われ、目や口の知覚も失って、あとは意識を砕かれるのみ、となったところで、文字どおりアリアの泣きが入ったのである。

「ブラドはいい加減、悟るべきだな。アリアの側《そば》におるのが一番安全だということを」

これはアリアにとって何よりの褒《ほ》め言葉である。

照れてうつむくアリアに、ルイラムは昔語りを続けた。

「目を覚ませば、そなたらふたりは姿をくらましていて、わしひとりが荒廃した城のなかでぽつねんとしておった」

「よく覚えていらっしゃいますね」

「わしのなかで重大な変化が起きた日じゃ。忘れるものか」

「重大な、変化？」

「ああ、引退を決意するきっかけになったほどのな」

「ご主人さまを逃《のが》がしちゃって、その年のセイント・オブ・ザ・イヤー、取り損なったからじゃなくて？」

「ホ、ホ、ホ……若かったからのう。たしかに名声に無頓着《むとんちゃく》ではなかった。が、原因はそれではないよ」

「じゃあ？」

「あの日以来、わしの〈クルセイダー〉稼業《かぎょう》はすっかり精彩を欠いてなあ……魔を討てんようになってしもうたのさ」

「討てない？……信仰の衰え？」

「まさかッ。そこだけはいまでも、どの現役〈クルセイダー〉にも負けはせんよ」

誰《だれ》にでも、疑われたくない心というものがある。アリアのブラド卿《きょう》に対する忠誠心がそうであり、ルイラムにとっては神への信仰心がそれであるようだった。

「原因はおまえさ、アリア」

「へ？……わたし？」

思いがけない名指しにアリアは戸惑う。

ルイラムは、空になったカップを床に置くと、柔和な笑《え》みをうかべてアリアにうなずいた。

「五十年前のあの時、おまえはブラドを助けたい一心で泣いていた。泣くという行為がどれほど疲れるものなのかは、いまも身をもって経験したばかりだからようわかる。それを、おまえはブラドのためにしてやれる」

「〈バンシー〉ですから」

「ホ、ホ。その一言で片づけてしまえばそれまでだがな、あの時のわしは、おまえの主人を想《おも》う気持ちに胸を強く打たれてなァ」

「でも、それは人間も同じでしょ？」

なんだか気恥ずかしくなり、アリアはわざとそっけなく問い返した。

「あなたたち人間だって、大切な人や、愛する人が不幸に見舞われたら自然と涙がこみあげてきませんか？」

「そう、そこなのだよ。わしが魔《ま》を討つことにためらいを覚えるのは」

「？……」

「人が人を想うことで涙を流せるのと同様に、アリア、そなたらもまた誰《だれ》かのために泣けるのだ。ならば人と魔のどこに違いがあるのか。人が人たる所以《ゆえん》と、魔が魔である所以はどう異なるのか。命を殺《あや》める？ それは人もすることだ。裏切り、欺《あざむ》く？ それもまた人の日常じゃ。神を崇《あが》めない？ ふんッ そんな人間、いまの世にはごまんとおるわい！ では、人と魔をへだてている境はいったいどこなのか」

「…………」

「そんな疑念にとらわれて以来、わしは問答無用で魔を討つことができぬようになってな。いつからか同胞《どうほう》にまで信仰を疑われ、異端審問《いたんしんもん》にかけられたことすらあったよ」

「そんな、ひどい！」

アリアの義憤《ぎふん》に、ルイラムは穏やかな微笑をたたえてゆっくり首を横に振った。

「だが後悔はしておらん。その疑念を持つことで、この世に暮らすあらゆる存在を深く理解しようと努める心が芽生えたからな。主《しゅ》の説かれる博愛平等なるものを、ほんの少しだけ悟れたような気がするのだ」

――わたしたちみんなが、そんな心を持てたら……。

アリアはそう思わずにはおれない。人と魔が本質的なところで理解しあえるとはアリアでさえも考えていないが、それでも、相互理解を志向することは決して無駄《むだ》ではないはずだった。実際、幾《いく》つかの誤解と反目《はんもく》とを経《へ》たアリアとルイラムは、いま、こうして穏やかに対話できているのだから。

「どうしてなんですか？」

アリアは、ルイラムが現れて以来、ずっと気になっていた疑問を口にした。

「どうして、あんなデタラメな伝承《でんしょう》を信じてわたしを？　ぜんぜんらしくありませんでした。少し調べればわかることなのに……」

「では、あの伝承《でんしょう》が嘘《うそ》だというのは、本当なのか？」

「そうだと何度も言ったでしょ」

アリアが頬《ほお》を赤く染めて口を尖《とが》らせると、

「そうか。ひどく怖い思いをさせてしもうたのう……すまんかった」

ルイラムは面目なさそうに白い頭をポリポリと掻《か》き、あとは深刻な表情でうつむいてしまった。

「きかせてください。ああまでしてかなえたかったルイラムさんの願い。わたしには、きく権利があると思います」

アリアが訊《たず》ねると、ルイラムは疲れたような吐息《といき》をもらした。実際、この瞬間にも彼が十年は老けこんでしまったようにアリアには思われた。

「小さな命が消えようとしておってな」

眉間《みけん》に深いしわを刻みつつ、ルイラムが重々しく口をひらく。

「生まれたばかりの、それはそれは愛くるしい女の子でなあ。名をユシヤという。その子がいま……そう、こうしているいまも、病魔《びょうま》に蝕《むしば》まれて命を削っておるのだ……」

「その子を、助けたくて？」

ルイラムは力なくうなずいた。知っている限りの名医という名医に診せたが、同じ数だけの死の宣告を受けただけだという。

「むろん、神にも祈ったよ。だが、神は沈黙されたままだ」

この時ばかりは恨《うら》めしく天を見あげるルイラムだった。

「絶望にうちひしがれたわしの脳裏《のうり》に閃《ひらめ》いたのが、そなたら〈バンシー〉の伝承だった。しっかり裏づけをとってから動いたつもりなのだがな……すべては人間の側の目線で語られたものばかりだ。都合がいいのもあたりまえか……」

「……」

「いまにして思えば、あのような破廉恥《はれんち》きわまりない行為にもかかわらず、頑《かたく》なに信じていられたのは、そうであってもらわなくては困るという、利己的な願望に捉《とら》われていたからなのかもしれん」

人間にとって不治とされる病がまだまだ多いこの時代にあっては、不確かなものに都合のいい幻想を抱くのも無理からぬことといえた。その心の歪《ゆが》みは、救いたいと願う想《おも》いが深ければ深いほど、より顕著《けんちょ》となる。

「そのユシヤという子は、ルイラムさんの――」

「孫じゃ」

ルイラムが、しわだらけの両手に顔をうずめて声を震《ふる》わせた。

「まだ何も、恋ひとつせぬまま、あの子は逝《い》こうとしておる……初めてだよ、アリア。初めてわしはこの口で神を呪《のろ》ったよ……」

それがルイラムにとってどれほどの意味を持つ告白なのか、アリアにはよくわかる。ルイラムとユシヤの立場を、そのままアリアとブラドに置きかえれば、アリアもきっと、どんなことでもやってのけたはずだ。

「だが、すべてはわしの私事じゃ。にもかかわらず、そなたらには大きな迷惑をかけた。どんな償《つぐな》いでもしよう。わしの命が望みなら、それも差しだそう。しかし、いまは待ってくれ。いまは一日でも長くあの子の側《そば》に居てやりたいのじゃ。すべてがおわった時——」

ルイラムが鼻をすすり、涙ぐんだ目をしばたたかせてから早口で言い切った。

「あの子が天に召されるのを見とどけたならば、償うために必ずここへ戻ってこよう」

「ええ、もちろん、償いはしていただきます」

アリアは、つられて泣いてしまいそうなのを必死にこらえて微笑《ほほえ》んでみせた。

「でも、その前に、あなたのお孫さんを救うことを考えましょう」

「ありがたい申し出だがな、アリアよ。あの子は神にも医学にも見捨てられたのだ。いまさら何が——」

「よかった！」

「?……」

いぶかるルイラムに、アリアは誇らしく胸を反《そ》らして言った。

「〈バンシー〉はまだ、ためしてないんでしょ?」

「……では、やはり〈バンシー〉の乳房には——」

「違いますッ！」

アリアはあわてて胸を隠し、ルイラムの誤解を即座に否定した。

「そのユシヤちゃんは、生後どのくらいなんですか？」

「二ヶ月にも満たぬ」

「長女ですか？」

「ああ、初孫じゃ」

「うん、それならなんとかなるかも！」

アリアがパチリと両手を打ち鳴らすと、ルイラムが、要領を得ていない様子ながらも、望みを見いだしたかのように瞳《ひとみ》を輝かせて詰めよってきた。

「どういうことだね？」

「落ちついて、ルイラムさん。まだ、たしかなことは言えないの。だけど、わたしには考えがあります。ぜひユシヤちゃんに会わせてください」

「ユシヤを救える可能性が万にひとつでもあるならば、なんでもやってくれ！」

「決まりね！　ルイラムさん、〈ナイトメア〉は平気ですよね？」

「むろんだ！」

オルレーユ城の庭で証明済みである。

アリアは、紅茶をすすっているイルザリアの横で幸せそうに呆《ほう》けているフォン・シュバルツエンを呼びよせた。

「いやア、寝起きのイルザリアどのも色っぽいですなア、あ、は、は」

「コシュを貸してちょうだい」

「藪《やぶ》から棒《ぼう》ですな」

「貸すの？　貸さないの？」

「貸します、貸しますとも。ですが、どちらに？」

「ルイラムさん家《ち》」

事情はあとで話すから、と〈デュラハン〉の物問いたげな表情を一蹴《いっしゅう》し、アリアはルイラムを連れて庭に出た。

朝焼けの空に蹄《ひづめ》の音が鳴りわたり、勇壮《ゆうそう》ないななきとともに漆黒《しっこく》の馬コシュタバワーが舞いおりる。

その逞《たくま》しい背にルイラムと跨《また》ると、アリアはフォン・シュバルツェンへ厳《おごそ》かに命じた。

「わたしが帰るまでに、みんなでロビーの瓦礫《がれき》を片づけておくのよ、いいわね？　それと、おばさまが起きたら、必ずこう伝えといて。『逃げたりしたら承知しない。きっちり責任取ってもらいます』ってね！」

「あの御仁《ごじん》は苦手なのですが……」

「おばさまを逃がしたら、あなたが罰を受けることになるわよ」

郵 便 は が き

おそれいりますが
切手を貼って
お出しください

101-8305

東京都千代田区
神田駿河台1ー8
東京YWCA会館
株式会社メディアワークス
「電撃文庫」係行

〒	—	ここには何も書かないでください→
住所	都道府県	
	TEL　　(　　)	
氏名	ふりがな	男・女　年齢　歳
職業	※以下の中で当てはまる番号を○で囲んでください ①小学生　②中学生　③高校生　④短大生　⑤大学生　⑥専門学校生 ⑦会社員　⑧公務員　⑨主婦　⑩フリーアルバイター　⑪無職 ⑫その他（　　　　）	
お買い上げ書店名	市・区・町　　店	

※ご記載いただいたお客様の個人情報は、当社の商品やサービス等のご案内などに利用させていただく場合がございます。また、個人を識別できない形で統計処理した上で、当社の商品企画やサービス向上に役立てるほか、第三者に提供することがあります。
※ハガキをご返送していただいた方の中から抽選で、毎月50名様に電撃文庫特製オリジナルグッズを差し上げます。ぜひご協力ください。

電撃文庫　愛読者カード

※あてはまる番号を○で囲み、カッコ内は具体的にご記入ください

(1) 本書のタイトル (　　　　　　　　　　　　　　　　　　　＜　　＞巻)

(2) 本書をどこでお知りになりましたか？(複数回答可)

①書店　②電撃の缶詰　③テレビ・ラジオ(番組名　　　　　　　　)　④ラジオCM
⑤メディアワークスホームページ　⑥メールマガジン　⑦その他インターネット
⑧電撃の雑誌(雑誌名　　　　　　　)　⑨電撃以外の雑誌(雑誌名　　　　　　　)
⑩人にすすめられて　⑪その他(　　　　　　　　　)

(3) 本書をお買い上げになった動機は何ですか？　具体的にお書きください。
＜例:著者が好きだったから。カバーイラストに惹かれて。等＞

(　　　　　　　　　　　　　　　　　　　　　　　　　　　　　　)

(4) 本書の内容についての評価をお聞かせください。

①とても良い　②良い　③普通　④悪い

(5) (4)を答えた方へどの部分がよかったですか、悪かったですか？

①ストーリー　②キャラクター　③設定　④その他(　　　　　　　　　)

(6) 本書以外に電撃文庫を何冊お持ちですか？

①1～5冊　②6～10冊　③11～20冊　④21～40冊　⑤41冊以上　⑥なし

(7) 下記の中でよく購買される雑誌はなんですか？(複数回答可)

①電撃PlayStation　②電撃PS2　③電撃ゲームキューブ　④電撃G'sマガジン
⑤電撃姫　⑥コミック電撃大王　⑦コミック電撃帝王　⑧電撃萌王
⑨電撃コミックガオ！　⑩電撃hp　⑪電撃HOBBY MAGAZINE　⑫電撃㊙王

(8) 電撃以外でよく購読される雑誌は何ですか？(複数回答可)

(　　　　　　　　　　　　　)(　　　　　　　　　　　　　)

(9) よく観るテレビ、ラジオ番組を教えてください。

テレビ(　　　　　　　　　　　)ラジオ(　　　　　　　　　　　)

(10) 現在,気になる作家・イラストレーターはいますか？

作家(　　　　　　　　　)イラストレーター(　　　　　　　　　)
(　　　　　　　　　)(　　　　　　　　　)

(11) 電撃文庫関連で商品化してほしい作品や商品はありますか？

作品名(　　　　　　　　)どんな商品ですか(　　　　　　　　)

(12) 本書に対するご意見、ご感想を自由にお書きください。

●ご協力ありがとうございました。

「そ、そんなご無──」

アリアはコシュタバワーを走らせて、〈デュラハン〉の不平を遥《はる》か後方においてきた。

4

ルイラムの家は、南フランスは大都市近郊に広がる典型的な田園地帯にあった。緑の生い茂る牧草地と、風に揺《ゆ》れて涼しげな音を奏でる雑木林《ぞうきばやし》とに囲まれた、安らぎと温《ぬく》もりに満ちた場所である。

二年ほど前に聖職のすべてから退《しりぞ》いたルイラムは、きっぱりと聖界に背を向けて、悠々自適《ゆうゆう》に牧場を営んでいたのだという。

オルレーユ城を発《た》った頃《ころ》の空は黎明《れいめい》に彩られていたが、いまはすっかり薄暮《はくぼ》に染まっていた。それでも欧州をほぼ横断したにしては驚異的な短時間で到着できたことになる。コシュタバワーだからこそなせる妙技だった。

「長駆《ちょうく》、ご苦労さま、コシュ」

例によってコシュタバワーを人目のつかない林の奥にひそませて、アリアはルイラムのあとに従って歩いた。

質素だが、頑強そうな構えの大きな屋敷でルイラムの帰還を出迎えたのは、一組の若い男女だった。男のほうに若かりし頃《ころ》のルイラムの面影《おもかげ》を見ることができた。息子夫婦のようである。妻が夫に寄りそい、その妻を夫がしっかり支えてはいたが、どちらの顔にも色濃く悲愴感《ひそうかん》がただよっていた。

人だけではない。戸口をくぐった瞬間、アリアは、この家におおいかぶさっている死の影を明敏《めいびん》に感じとっていた。近々この家から死者が出る、動かしがたい予兆である。

ルイラムは息子夫婦に慰《なぐさ》めの言葉をかけ、さらに二言三言を話しおえてからアリアを紹介した。

夫妻は俗世の人間のようで、いまは実体をともなっているアリアを、長い黒髪を背中まで垂《た》らした十二歳ほどの少女としか見ていないようだった。ルイラムも、アリアを人間として紹介していた。

「わしの古い友人の娘でな。名をアリアという。ユシヤの話をしたら、ぜひ抱かせてくれと言うものだから連れてきた。よいだろうか?」

夫妻は「ひとりでも多くの人に、娘がこの世で生きた証人になってもらえるなら」と快く了承してくれた。

赤子のまわりは両親の愛情に満ちあふれていた。幼児用の小さな揺り籠《ゆりかご》は、父親の手仕事によるものだろう。軽く触れただけで軋《きし》みひとつ立てず、なめらかに右へ左へと揺れ動く。なかに敷きつめられた心地よさそうなクッションは、母親の手製であるようで、細やかな花模様と赤子《あかご》の名が白い絹糸で丁寧《ていねい》に縫いつけられていた。

それら両親の愛情を一身にうけているのが、絹の産衣《うぶぎ》にくるまれて人形のように横たわっている、生後間《ま》もない赤子のユシヤだった。

そのユシヤをひと目見るなり、アリアは眉《まゆ》をひそめた。頬《ほお》に指をあてても身じろぎひとつしない。かすかに腹部のあたりが上下しているだけで、それがなければ生死の判別がむずかしいほど衰弱《すいじゃく》していた。

何よりも土気色《つちけいろ》のユシヤの顔に、アリアはくっきりとした死相を見てとっている。

「やはり、ダメか……」

アリアの表情から察したのか、ルイラムが痛々しくつぶやく。

「ええ、残念ながら、このままでは……」

アリアは正直に、夫妻にきかれぬよう、ルイラムにだけ小声で応じた。

「でも、ユシヤちゃんはまだ生きています。大丈夫。これからです、わたしの仕事は」

ニッコリと笑《え》み、悲嘆に暮れるルイラムを慰めると、アリアはそっとユシヤに両手を伸ばした。絹の産衣を優しく脱がして裸にすると胸に抱きよせ、今度は、青みがかった自分の長い黒髪を産衣のようにユシヤの体へ丁寧《ていねい》に巻きつけていく。

そのアリアの奇妙な行為に、夫妻が抗議の声をあげた。が、ルイラムに厳しく制せられて押し黙る。

黒髪につつまれたユシヤを、アリアはしっかり胸に抱きよせてあやしはじめた。ささやくような声で名を呼び、語りかけ、子守唄《こもりうた》を歌ってきかせる。

そうしている時間がどれほど経過しただろうか。窓の外はすでに闇《やみ》の帳《とばり》におおわれていた。不意に、アリアの腕のなかから赤子《あかご》の泣き声がこだました。それはまだ弱々しく、頼りなげではあったが、生命のたしかな雄叫《おたけ》びだった。

「おお……」

ルイラムの感嘆に、うしろで控えていた夫妻の歓声が重なる。彼らの話では、病に侵《おか》されてからは泣けないほどに弱りきっていたのだという。

駆けよってきた三人の人間たちが、アリアの腕のなかで黒髪につつまれて泣いているユシヤの顔を覗《のぞ》き、第二の歓声をあげた。

明らかに血色がよくなっているのがわかるのだった。桃色の、もちもちとした、つやのある肌は、見ているだけで頬《ほお》をすりよせたくなる衝動《しょうどう》にかられる。

もはや、そこにアリアが死相を見ることはなかった。

「なんとッ……なんと感謝すればよいのだ、アリアよ！」

ユシヤを母親の手へ返したアリアに、ルイラムが飛びついてきた。両手でアリアを高々と抱《かか》えあげて狂喜する。

「ああ、愛《いと》しい〈バンシー〉よ！　教えてくれッ。どういうことなのだ！」

「なんにもしてません。あやしてあげただけです」

「まさか！　それだけのはずがあるまい！　ユシヤは明日にも死にかけておったのだぞ？　それを、ああ！　そなたが救ってくれたのだ！　やはり〈バンシー〉には特別な力が宿っておるに違いない！」

「ううん。特別なんかじゃありません。掃除、洗濯、料理と同じく、乳母もまた〈バンシー〉の得意とする仕事なだけです。後継者を育《はぐく》んで、その家を長く続かせることが肝要ですからね」

「まさしく家の守護精霊《せいれい》じゃな！」

「わたしのご主人さまにはお子がいらっしゃらないから無用な能力でしたけど、その家で最初の子を、生後間《ま》もないうちから〈バンシー〉に世話させると、その子は一生涯をあらゆる病から無縁でいられるんです」

「すると――」

ルイラムが抱きあげていたアリアをそっとおろし、それまでの笑顔を消して眉根《まゆね》をよせた。

「ユシヤを、そなたに預けなくてはならんのか？」

「ユシヤちゃんは、いまはまだ、ほんの少し元気を取り戻したにすぎません。生来《せいらい》の力を回復させるには、もうしばらく、わたしがお世話してあげなくちゃいけません」

お留守ばんを仰《おお》せつかっているアリアがオルレーユ城を長く空けるわけにはいかないから、

ユシヤを連れていくことになる。

ルイラムもそのことを察したようで、彼の顔に苦渋《くじゅう》の色が浮かんだ。

「選ぶのはあなたがたです。どうなさいますか?」

「いや、悩むまでもないな。そなたの手に孫の未来を委《ゆだ》ねよう」

ルイラムがきっぱりと言った。

「息子たちはわしが説得する。ユシヤが助かるのなら反対はすまい」

「ご心配でしたら、ルイラムさんもご一緒にどうです?」

「何?」

「実は、そうしてもらえると、わたしが助かるんですけど」

「どういうことかね」

アリアは説明した。荒れ果てた城内をブラド卿《きょう》に見せるわけにはいかない。アリアの管理能力が疑われるし、何より、こっぴどく叱《しか》られる。それはなんとしても避けたい。そこで城の修繕がすむまでルイラムに居てもらう。ルイラムが城に居座っていれば、彼を恐れているブラド卿は帰ってこられないだろうから、と。

これをきいてルイラムは破顔一笑《はがんいっしょう》した。

「おやすい御用だ。わしにも責任があるのだからな。協力しよう」

5

「と、いうことで――」

オルレーユ城のロビーに、アリアの声が凜《りん》とこだまする。

瓦礫《がれき》はほぼ取りのぞかれたものの、煤《すす》まみれの床はひび割れ、天井の一角には穴がぽっかりあいていた。家具や調度品は一切見あたらず、瓦礫を片づけてしまったあとのほうがより殺風景であった。

そこに同僚たちを並べてアリアは演説をぶっていた。

「ルイラムさんと、そのお孫さんであるユシヤちゃんが、しばらくこのオルレーユ城にご滞在されることとあいなりましたァ。みんな仲良くね！」

ルイラムが気恥ずかしそうに会釈《えしゃく》した。

アリアは、腕に抱いた赤子《あかご》の顔がみんなにも見えるよう、体をやや傾ける。

「まあ、かわいい！　アリアちゃん、わたくしにも抱かせてくださらない？」

イルザリアが瞳《ひとみ》を輝かせて催促《さいそく》してくる。

「はんッ。誰《だれ》が〈クルセイダー〉なんかと暮らせるかってんだい！　あたしゃ反対だね！」

そう吼《ほ》えたのはトファニアだった。フォン・シュバルツェンの報告では、目が覚めてからも彼女は指図するだけで、自分は一切、瓦礫《がれき》の片づけを手伝わなかったという。

そんな魔女《まじょ》へ、アリアは冷たく言い放つ。

「あら、おばさまはパレルモへお帰りになるんでしょ？」

「なんだい、えらく冷たいじゃないかい」

「そうですかア？」

「だいたい、帰ろうにも、パレルモの館はそいつに――」

トファニアが忌々《いまいま》しそうに指差したのは、アリアの横で何くわぬ顔をして突っ立っているルイラムである。

「そこのクソジジイに清められちまってるんだ。帰るとこなんかありゃしないよッ」

「でしたら、おばさま――」

冷めた声とは裏腹な、会心《かいしん》の笑《え》みを満面にたたえてアリアはお願いした。

「黙っていてくださらない？」

「なッ……」

反駁《はんばく》しかけたトファニアがしぶしぶと口をとざす。

そこにいる誰《だれ》もが知っているのだ。可憐《かれん》な笑みを浮かべて、優しげな声で語りかけてくる時のアリアの心中では、怒りのマグマがぐつぐつと煮えたぎっているのだということを。

「しかし、あれですなア――」

フォン・シュバルツェンが上を見あげてぼやいた。

「幽体《ゆうたい》になれるアリアどのはいいとして、他《ほか》の者は、今後しばらく二階へあがれませんなァ」

「そうなのよね。当分は、みんなロビーで寝泊りしてもらうことになるかな」

アリアが投げた視線の先にある階段は、床から三段ほどのぼったところで、その先がなくなっていた。

「わーい。みんなで雑魚寝《ざこね》だ、雑魚寝」

無邪気《むじゃき》にはしゃぐのはセルルマーニである。

「おお、イルザリアどのと雑魚寝ッ！」

邪気まる出しではしゃぐのはフォン・シュバルツェンであった。

「残念でしたあ」

鼻の下をだらしなく伸ばした〈デュラハン〉に、アリアは舌を出してみせた。

「イルザリアさんの部屋は西の塔《とう》にあるんですゥ。あそこは無傷なんですから、ね、イルザリアさん？」

「ね」

イルザリアがホッとした表情で同調していた。

「ユシヤちゃんにも、あの部屋で寝てもらいますね」

「毎日が楽しくなりそうですわ」

〈サキュバス〉は両手をあわせてよろこんでいた。

「それじゃ、みんなで力をあわせてロビーを元どおりにしましょうね！　工事にかかる諸経費は全額おばさまに捻出《ねんしゅつ》していただきまーす」

「ふんッ、やなこったね！」

「していただきまーす」

「………」

「していただきますッ！」

「……わ、わかったよ」

アリアの気迫に満ちた笑顔に、魔女《まじょ》はついに折れた。


ユシヤを抱いて、アリアは庭に出た。

そこではフンデルボッチが、ロビーほどではないにしろ、〈デュラハン〉と〈ゴーレム〉の決闘で荒らされた庭園をさっそくなおしにかかっている。

——わたしも頑張らなくっちゃ！

振り返ると、扉の壊れたオルレーユ城の玄関口からロビーが筒抜けだった。床は煤《すす》と泥にまみれて黒ずみ、シャンデリアの絢爛《けんらん》たる明かりのかわりに、月や星が天井の穴から青白い貧相《ひんそう》な光を投げかけていた。

そこに、かつてのロビーの栄華は微塵《みじん》も残っていない。

――だから何よ！

五十年かけたものを壊されたのなら、百年かけてでもまた創《つく》ればいい。同僚たちと力をあわせれば、それは決して不可能ではないはずだった。

いまのアリアには、修繕したあとの、前よりもずっと豪華になったロビーの情景がはっきりと見えていた。そこでご主人さまのお帰りを待つのだ。きっと、帰還したブラド卿《きょう》はロビーを見わたしたあと、めったに見せない柔らかな微笑でアリアを見おろし、そっと頭を撫《な》でてくれるに違いない……。

と、腕のなかのユシヤが突然むずかりだした。小さな口からヒックヒックと嗚咽《おえつ》がもれたかと思うと、たちまち割れんばかりの声で泣きじゃくる。

「おー、よちよち……」

アリアはあわててあやすが、すぐには泣きやみそうにない。

これから当分は、赤子《あかご》の泣き声に悩まされることになる〈バンシー〉であった。

親愛なる　ご主人さま

アラバンの地下墓地へ、何ごともなくお着きになられたと、お手紙にて伺《うかが》いました。城の者一同、ホッと胸を撫《な》でおろしております。

繊細《せんさい》なご気性のご主人さまのことですから、カビと湿気に囲まれた日々は、さぞやお辛《つら》いことと存じます。お食事やお洗濯にも不自由なさっているのではと考えますと、いますぐにでも城をとびだして、ご主人さまのもとへ馳《は》せ参じたい思いにかられる毎日でおります。

ですが、わたしがご主人さまより課せられた使命はオルレーユ城のお留守ばん。

これをつつがなく果たすことこそがご主人さまのお望みである、とみずからに言いきかせ、日々をみんなと懸命にすごしております。

さて、このたび文《ふみ》をしたためましたのは、ぜひともご報告申しあげねばならない問題が生じたからでございます。

問題とは他《ほか》でもありません。アイゼン・デュワ・ルイラムの一件です。

ご主人さまのご懸念《けねん》どおり、かの〈クルセイダー〉は、ご主人さまのお命を狙《ねら》ってオルレーユ城を襲撃《しゅうげき》しに参りました。それはもう恐ろしい形相《ぎょうそう》で「ブラドを出せ、ブラドを出しやがれ」と、ものすごい剣幕《けんまく》でした。

恐れおののきながらも、わたしがご主人さまのご不在を告げましたところ、ルイラムは「だったら帰ってくるまでここを動かねえぞオ。そら、茶でも出しやがれってんだ。まったく気がきかねえ〈バンシー〉だぜエ」と、がら悪くわめいたかと思うと、ああ！　なんということでしょう……そのままオルレーユ城に居座ってしまったではありませんか！

誠に申しわけございません。ですが、わたしやみんなの力では、ご主人さまですら手におえなかったあのルイラムを力ずくで追い返すことなどできるわけもなく、不本意ながらも、かかる仕儀《しぎ》とあいなりました。

何も知らずにご主人さまがご帰還されたところをルイラムに襲われては一大事！　そう思い、ご忠告申しあげるべく筆をとった次第です。

しかし、どうかご安心ください。救援に駆けつけてくださったトファニアおばさまの見積もりによりますと、ルイラムは三ケ月ほどすれば立ち退《の》くだろう、とのことなのです。

わたしたちにつきましても、ご心配には及びません。ご主人さまがおっしゃられたとおり、ルイラムの狙いはご主人さまのみのようでして、わたしたちなど歯牙《しが》にもかけないのです。

そんなわけでありまして、誠に心苦しいのですが、ご主人さまには、いましばらくそちらのアラバンにて御身《おんみ》を隠されますようお願い申しあげます。ルイラムが立ち退《の》き、オルレーユ城の完璧《かんぺき》な安全が確認できましたら、ただちにご連絡申しあげます。
それでは、また何かありましたらご報告いたします。ストレスで酒量を増やさぬよう、くれぐれもご自愛《じあい》くださいませ。

かしこ

追伸
いい機会なのでロビーの模様がえをすることにしました。だってご主人さま、騒々しいのや埃《ほこり》っぽいの、お嫌でしょ？　だから、ご主人さまがお留守のあいだに済ませてしまうことにしました。
お帰りになったら、ちょっとロビーの様子が以前と違うかもしれませんが、そういうことですので、あしからず！

あなたの忠実なる僕《しもべ》　アリアより

お留守バンシー・完

あとがき

はじめまして。

このたび第十二回電撃小説大賞にて大賞受賞という大変な幸運に浴することができました、小河正岳《おがわまさたけ》と申します。

人間ではない、しかし、どこか人間くさいオルレーユ城の住人たち（のつもりです）。彼らの物語はいかがでしたでしょうか。ひとりでも気に入っていただけましたなら幸甚《こうじん》です。

さて、この物語のタイトルにもなっているバンシーですが、彼女たちは実在します。アイルランドという土地で昔から伝えられている数々の物語のなかに。

バンシーは、家長や、徳の高い人物の死が近づくと泣き叫び、親類縁者にその人物の死期を悟らせる妖精、もしくは幽霊だそうです。また、死に瀕《ひん》した人物が愛用していた衣裳《いしょう》を洗い、品々を整理して、天へ旅立つための支度をととのえてくれるのだそうです。神にしかわからぬ人の死期を予告できることから、神の使いとして神聖視されてもいたようです。

その容姿や性格ともなると地方や時代、物語によって様々で、不気味な老婆として語られることもあれば、可憐《かれん》な少女の姿で人前に現れたこともあったようです。とある地方では、幼い子供を亡くした母親が、その哀しみを癒《いや》せぬままこの世を去ると、バンシーとなって我が子を捜し求めてさまよいつづけるのだと伝えられています。そのバンシーは幼子を求めるあまり乳房を吸われると、吸った者を我が子と思い込み、その者の願いをなんでもかなえてやろうとするのだそうです。

ですから、本書で語られている『白髪の老人が乳房を吸うために、少女姿のバンシーを追いかけまわす』というシチュエーションは、それを書いた私の異常性を示すものではありません。むしろ神話や伝承を再現した、感動的で、神々《こうごう》しい場面なのであります！　決して私の頭のなかが淫《みだ》らな空想で一杯というわけではございませんので、誤解なさらぬよう、お願い申しあげます。とはいえ、まあ、時にはそういった妄想も抱くことはありまして、いや、むしろ、大好きだったりしちゃったりなんかして……あれ？

これ以上のボロが出る前に、締めに移らせていただきます。

この物語を高く評価してくださった選考委員の先生方、ならびに編集部のみなさま、そして各次選考に携わってくださった大勢の方々に、厚くお礼を申しあげます。なかでも深沢先生には「会いたかった」とまで仰《おっしゃ》っていただき、感激と恐縮で身が震えました。

不慣れな私を導いてくださっている担当編集者さまには、常々、感謝しております。

お忙しいなか、かわいらしく温《ぬく》もりのあるイラストをたくさん描いてくださった、戸部《とべ》淑《すなほ》さまにも厚くお礼申しあげます。ガーゴイルの絵を拝見した時などは、その日ずっと頬《ほお》がゆるみっぱなしでした。本当にありがとうございました。

それから私の両親へも感謝の念を捧げます。ハーフに生んでくれてありがとう。東京と大阪の。

そして最後に、本書を手に取ってくださった貴方へ、ありがとうございます、と心をこめて申しあげます。この物語で、貴方の貴重なお時間をほんの少しでも楽しいものへとかえられたなら、作者としてこれに優《すぐ》る幸せはございません。

小河正岳

本書に対するご意見、ご感想をお寄せください。

■

あて先

〒101-8305 東京都千代田区神田駿河台1-8 東京YWCA会館
メディアワークス電撃文庫編集部
「小河正岳先生」係
「戸部 淑先生」係

■

電撃文庫

お留守《るす》バンシー

小河正岳《おがわまさたけ》

発行　二〇〇六年二月二十五日　初版発行

発行者　久木敏行

発行所　株式会社メディアワークス
〒一〇一-八三〇五 東京都千代田区神田駿河台一-八
東京YWCA会館
電話〇三-五二八一-五二〇七（編集）

発売元　株式会社角川書店
〒一〇二-八一七七 東京都千代田区富士見二-十三-三
電話〇三-三二三八-八六〇五（営業）

装丁者　荻窪裕司（META＋MANIERA）

印刷・製本　株式会社暁印刷

ISBN4-8402-3300-4 C0193

電撃文庫創刊に際して

文庫は、我が国にとどまらず、世界の書籍の流れのなかで〝小さな巨人〟としての地位を築いてきた。古今東西の名著を、廉価で手に入りやすい形で提供してきたからこそ、人は文庫を自分の師として、また青春の想い出として、語りついできたのである。

その源を、文化的にはドイツのレクラム文庫に求めるにせよ、規模の上でイギリスのペンギンブックスに求めるにせよ、いま文庫は知識人の層の多様化に従って、ますますその意義を大きくしていると言ってよい。

文庫出版の意味するものは、激動の現代のみならず将来にわたって、大きくなることはあっても、小さくなることはないだろう。

「電撃文庫」は、そのように多様化した対象に応え、歴史に耐えうる作品を収録するのはもちろん、新しい世紀を迎えるにあたって、既成の枠をこえる新鮮で強烈なアイ・オープナーたりたい。

その特異さ故に、この存在は、かつて文庫がはじめて出版世界に登場したときと、同じ戸惑いを読書人に与えるかもしれない。

しかし、〈Changing Time, Changing Publishing〉時代は変わって、出版も変わる。時を重ねるなかで、精神の糧として、心の一隅を占めるものとして、次なる文化の担い手の若者たちに確かな評価を得られると信じて、ここに「電撃文庫」を出版する。

1993年6月10日
角川歴彦

電撃文庫

お留守バンシー
小河正岳
イラスト／戸部 淑
ISBN4－8402－3300－4

そのお城の住人は人間ではありません。アリアという少女も実は妖精。彼女は今重要な役目に大張り切りです。それは……。大騒ぎのお留守番、始まり始まり～。

お-10-1　1213

哀しみキメラ
来楽 零
イラスト／柳原 澪
ISBN4－8402－3301－2

圧倒的な筆力で選考委員を唸らせた、期待の新人ここに登場!! 過酷で切なく、けれど勇気を貰える物語。電撃の新境地を拓く電撃小説大賞〈金賞〉受賞作!!

ら-4-1　1214

狼と香辛料
支倉凍砂
イラスト／文倉 十
ISBN4－8402－3302－0

行商人ロレンスが馬車の荷台で見つけたのは、自らを豊穣の神ホロと名乗る、狼の耳と尻尾を有した美しい少女だった。剣も魔法もない、エポック・ファンタジー登場！

は-8-1　1215

火目の巫女
杉井 光
イラスト／かわぎしけいたろう
ISBN4－8402－3303－9

ひたむきな伊月、謎めいた盲目の佳乃、無邪気で才能あふれる常和。化生を討ち滅ぼす〝火目〟を目指す三人の巫女の物語。第十二回電撃小説大賞〈銀賞〉受賞作！

す-9-1　1216

ぼくと魔女式アポカリプス
水瀬葉月
イラスト／藤原々々
ISBN4－8402－3313－6

魔女は自傷し代償を欲する。隠者は秘して人形を繰る。魔術種の復活戦にぼくが関わることになった基点は、クラスの空気でしかなかった少女の告白だった——。

み-7-4　1226

電撃文庫

半分の月がのぼる空 looking up at the half-moon

橋本 紡
イラスト／山本ケイジ

ISBN4－8402－2488－9

裕一が入院先の病院で出会ったのは、めちゃくちゃわがままだけど、恥ずかしがり屋で可愛い、ひとりの少女だった——。橋本紡が贈る新シリーズ第一弾登場！

は-2-16 0850

半分の月がのぼる空2 waiting for the half-moon

橋本 紡
イラスト／山本ケイジ

ISBN4－8402－2606－7

裕一は悩んでいた。秘蔵のH本コレクションが里香に見つかったのだ。二人の関係がギクシャクしているなか、さらなる問題も勃発し……。シリーズ第二弾！

は-2-17 0899

半分の月がのぼる空3 wishing upon the half-moon

橋本 紡
イラスト／山本ケイジ

ISBN4－8402－2783－7

里香の希望で、俄かスクールライフを楽しむ裕一たち。里香の病状を知って落ち込んでいた気分も一瞬晴れたのだが……。揺れ動く裕一にさらなる試練が訪れる。

は-2-19 0986

半分の月がのぼる空4 grabbing at the half-moon

橋本 紡
イラスト／山本ケイジ

ISBN4－8402－2936－8

『最悪の結果』を突きつけられた裕一に追い打ちをかけるように告げられた「里香にはもう会うな」という言葉。苦しみながらも裕一はある決断をする。第4弾。

は-2-20 1051

半分の月がのぼる空5 long long walking under the half-moon

橋本 紡
イラスト／山本ケイジ

ISBN4－8402－3145－1

穏やかな日々が裕一と里香に訪れようとしていた。そんな中裕一を、夏目がある場所へと連れ出した。そこでの体験を通じて、裕一は〝進むべき道〟を見つける。

は-2-21 1143

電撃文庫

半分の月がのぼる空6 life goes on

橋本 紡
イラスト／山本ケイジ

ISBN4－8402－3306－3

二人が若葉病院を退院してから半年後。裕一が通う高校に編入した里香は、初めての高校生活を経験する。そして、それぞれの未来を見つめるのだった——。

は-2-22　1219

座敷童にできるコト

七飯宏隆
イラスト／池田陽介

ISBN4－8402－3058－7

ドアを開けたら、セーラー服の女の子がいた。部屋の住人・守屋克喜が硬直していると。少女は叫んだ。「うおぉっ！　じ、自由だっ！」彼女は自分が〝座敷童〟だと言い張って……!?

な-11-2　1102

座敷童にできるコト②

七飯宏隆
イラスト／池田陽介

ISBN4－8402－3122－2

ちょっとヘンな女の子……にしか見えないイマドキな座敷童と同居しはじめた主人公・守屋克喜は、あいかわらず〝あの3人〟に振り回され続けて……。

な-11-3　1127

座敷童にできるコト③

七飯宏隆
イラスト／池田陽介

ISBN4－8402－3235－0

鎌倉に研修旅行にやってきた克喜と未麟。そこでも当然、〝あの3人〟のひとり、柏木よう子の暴走は止まらず……！　そんな中、新たな座敷童がやってきて……。

な-11-4　1184

座敷童にできるコト④

七飯宏隆
イラスト／池田陽介

ISBN4－8402－3305－5

「わたくし万里小路柚袮は、一年A組の守屋克喜君に、次期生徒会長として立候補することを正式に要請します」。平凡な日常を幸せに過ごしていた克喜に、またまた大波乱が!?

な-11-5　1218